君の正体を言い当てようか

久頭一良
KUTO Ichira

文芸社文庫NEO

目次

君の正体を言い当てようか

プロローグ

今思えば、あの時の一件が、俺が生まれて初めて犯した罪になるのだと思う。

……物騒な言い回しをしてみたけど、どうか安心してほしい。これは人が殺されるハードなミステリや、凶悪犯罪が絡むクライムサスペンスといった類《たぐい》のものでは決してないから。

始まりは、当時小学五年のガキだった俺が、つい出来心でやってしまったことだ。とはいえ、それはれっきとした犯罪行為であり、許されることではない。魔が差したとか色々言い方はあるけれど、俺はその時の行いを、今でも後悔している。

その罪とは、万引きだ。店舗に陳列している商品を、金銭を払うことなく盗む、アレのこと。

これは俺が、とある呪いにかかり、十数年間その呪いに囚われ続け……そしてまた、新たな呪いと向き合うまでの物語である。

今から十五年以上も前に「マジカルクリーチャー」、通称「マジクリ」と呼ばれるゲームが大ヒットした。家庭用据え置きゲーム機エピックギアの派生機として発売された初代エピックギア・ポータブルという携帯ゲーム機専用ソフトとして発売されたマジクリは、新規タイトルにもかかわらず、売れに売れた。関連グッズの開発、アニメ化、カードゲーム化、そのどれもが成功を収め、日本が世界に誇る一大コンテンツとなったのだった。

俺は経済的理由からゲームを一切買ってもらえなかった。めちゃくちゃに泣き喚き、散々ねだっても、母さんは首を縦に振ってはくれなかった。

エピックギア・ポータブルを初めて触ることができたのは、従兄のカズくんから貸してもらった時だ。電源を入れると浮かび上がる、開発会社のカラフルなロゴマーク。躍動するモンスターたち。ド派手な各種技のエフェクト。普段友達の話を聞くだけで悔しい思いをしていた俺は、実物をプレイした途端、完全に虜《とりこ》になってしまった。ゲームの魅力、キャラクターコンテンツの魔力に。

俺はその時に、運命づけられてしまったのかもしれない。近い将来、オタクと呼ばれる人種になることを。

話を戻そう。俺が人生で初めて罪を犯したのが、そのマジクリカードゲームの十枚入りパックの万引きだった。

学校でもマジクリのゲームやアニメが大流行していたのだが、カードゲームも多分に漏れず、みんな競い合うように熱中していた。

ゲーム機だけでなく、カードゲームのスターターデッキすら買ってもらえなかった俺は、友達からもらった余り物のカードでデッキを作るしかなかった。そんなデッキで友達との対戦に勝てるわけもなく、連戦連敗。いつも惨めな思いをしなければならなかった。

負けたくない。勝って、みんなから認めてもらいたい。大人からしたらくだらないことなんだろうけど、当時子どもだった俺にとっては、切実な悩みだった。携帯ゲーム機を持っていない分、せめてカードゲームではみんなに負けたくないという強い気持ちがあったのだ。

その気持ちが暴走し、友達との対戦で負けが続いた帰り道、年老いたおばあさんが一人で切り盛りしている文房具店で、俺は悪事に手を染めた。

土曜日の昼過ぎ。出入口を何気ないふりをして見やり、客が俺以外にいないことを確認する。この時間帯、店主はいつも居眠りをしていることは事前に知っていた。

十枚入りパックを手に取り、ズボンのポケットに忍び込ませる。拍子抜けするくらい簡単に、俺は金銭を払うことなくそのブツを入手できた。

そうやって入手した十枚入りパックには、「フレアドラゴン」のキラカードが入っていた。ファイア系統最強のモンスター。高い攻撃力と防御力はもちろん、フィールドにいる味方ファイア系統モンスターの能力を底上げする特殊能力。当時のマジクリカードゲームのゲームバランスをぶち壊すほど強力なそのモンスターは、カードゲーム販売店で高値で取り引きされるほどのレアカードだった。キラキラと光るカードのまばゆい光を目にした俺の興奮は、最高潮に達した。

俺はフレアドラゴンをデッキに組み込み、友達との対戦に挑んだ。その結果……今までの連敗が嘘のように無双した。最強のカードを手にした俺は、ほぼ全ての対戦に勝つことができた。まさに人生の絶頂だった。

カネに物を言わせてレアカードを入手し、地元最強と謳われていた裕福な友達も、俺とフレアドラゴンの敵ではなかった。まあ、なんつっても、フレアドラゴンが強すぎる。

色んなヤツらからトレードを要求された。中には数十枚のレアカードの山を差し出し、フレアドラゴンと交換してくれと言ってきたヤツもいたが、俺はどの要求にも首を横に振った。こんな強くてカッコよすぎるカードを手放すなんて、バカのやることだ。

地元の友達に、俺と同じく、あまり裕福でない家のヤツがいた。名前はユウヤ。ユウヤは俺と同じく、親からスターターデッキを買ってもらえない同志だった。友達からいらないモンスターカードやアイテムカードをもらいながら、コツコツと対戦できるまでにデッキを練り上げてきたのだ。

俺が連勝を重ねても、ユウヤは相変わらず負け続き。それでもいつも楽しそうだった。たまにしか勝てないカードゲームの試合を続けて、にこにこ笑っていた。

俺はユウヤに聞いた。負け続けてもマジクリカードゲームが楽しいのかを。

「ん、楽しいで。当たり前やん」

ユウヤの笑みに俺は、ふと自分のフレアドラゴンのキラカードに目を落とす。まばゆい光に彩られた最強にカッコいいカード。俺はこいつの持ち主たる資格を持ち得ているのだろうか。

たかが紙切れ一枚。ガキの遊びに使われる長方形のカード……たったそれだけのものなんだけど、俺はその時確かに、そう思ったのだった。

貧乏臭いやり方でも純粋にカードゲームを楽しんでいるユウヤ。でも俺は、やましい方法で手に入れたフレアドラゴンでただ勝利だけを積み重ねて……その勝利は、果たして価値のあるものなのか？

買ったわけでもなく、トレードで手に入れたわけでもなく、誰かからもらったわけでもない。店からパクったそのカードは、俺のものだと胸を張って言えるのか？

俺はこのカードを自分が持っていることに、言いようのない違和感を覚えた。その瞬間から、あれだけお気に入りだったフレアドラゴンは、俺の中で無価値なものになってしまったのだ。

もし、このフレアドラゴンを真っ当な手段で手に入れていたなら。いや、そもそも……フレアドラゴンなんていらなかった。ユウヤと同じように、みんなからもらった余り物のカードを十枚入りパックでちまちま強化していれば、それだけで俺はこのカードゲームを楽しめていたはずなのに。取り返しのつかないことをしてしまったという後悔に苛まれた。

こんなもの、いらない。その結論に思い至り、俺は悟った。もうこれ以上、マジクリカードゲームをプレイできないことを。


それからは、カードゲームの集まりに誘われても断り続けた。ユウヤは寂しがってくれたけど、俺の決意は固かった。

案の定、引退するんならフレアドラゴンをくれ、と言い出すヤツらが大勢言い寄ってきた。そりゃそうだよな。もし俺がそいつらと同じ立場でも、絶対そうする。

でも俺は、誰にもフレアドラゴンを譲らなかった。誰か一人に渡してしまえば、なんとなく不公平かなと思ったし、そこで一人を贔屓してしまえば、今後の俺の交友関係に不和が生じると思ったからだ。

それに何より、万引きという犯罪行為で手にしてしまったこのカードを、友達に渡したくなかった。

俺は考えに考えた末、フレアドラゴンのカードをネットオークションに出すことを決めた。欲しいヤツの手に渡るなら、こいつも本望だろうと思ったからだ。

当時の俺は小学生。自分のパソコンもスマホも持っていなかったし、そもそもやり方がわからない。俺は高校生のカズくんに相談して、オークションの代行を頼んだ。取り分は山分け、互いの親には内緒にする約束で、カズくんはオークションの代行を引き受けてくれた。


結果から言うと、フレアドラゴンのカードは十一万円で売れた。カズくんは小躍り……どころではなく、アホみたいに踊り狂いながら喜びを表現した。山分けで五万五千円。高校生にも大金と言える額を手に入れ、カズくんは完全に脳の回線がイカれていた。

カズくんから大金を受け取ったあとで、俺は万引きを犯してしまった文房具店で、鉛筆を一本だけ購入した。カード十枚入りパックの百五十円分を上乗せした代金……

オークションで得たカネではなく、自分の小遣いから捻出したカネをレジのトレイに置いて、そのままダッシュで店を出た。

その足でコンビニへと向かい、スナック菓子を一袋買った。会計を終えた俺は、ポケットに入れていた札束を、レジ横の募金箱に勢いよく突っ込んだ。五万五千円の札束をぐりぐりと募金箱にねじ込んだが、なかなかうまく入らない。途中で諦めた俺は、そのまま逃げるようにコンビニを去った。

その時の店員の呆気に取られた表情を……俺は二十七歳になった今でも、鮮明に思い出すことができる。

第一章　君の職業を言い当てよう

もう九月も終わりだというのに、外はまだ暑い。ほんと、日本の気温は一体どうなっちゃったんだろうか。未だ長袖に衣替えしていない制服が汗で体に張り付くのを感じながら、俺は荷物を載せた台車を押して新宿区のとあるテナントビルを目指す。常に動いている仕事なので、寒い分にはなんら問題ない。早く涼しくならないかなと思いながら、人で溢れ返る歩道を進んでいく。多くの外国人観光客を横目に、ビルの業者出入口に向かった。

受付の顔なじみの警備員がいつものように受付簿を差し出してくる。俺はそこにボールペンで「チーター運輸　滝川慎司《たきがわしんじ》」と書いて、搬出入の文字を丸で囲った。最後に現在時刻を記入する。

「滝川ちゃん、明日空いてるかぁ？　飲みに行こ」

警備員のおっちゃんが声を掛けてくれる。

「お、いいっすね、ぜひ。何時からにします？」

「おっしゃ。今日は夜勤で明日は明けだから……寝てから行きたいし、夕方六時はどう？」

「了解っす。空けときますね」

俺みたいなつまらない男でも、時々飲みに誘ってくれる。好感を持ってくれているのか、はたまた誰でもいいから酒の相手が欲しいだけなのか。まあ、上京してからこっち、交友関係の広くない孤独な俺からしてみれば、誰かから誘われるだけ幸せなことなんだけど。

それから二言三言軽口を叩いてから、テナントビルに入館する。

俺は先月で二十七歳になった。高校卒業後に新卒で入社したから、まもなく十年目か。この業界は出入りも激しいので、十年ともなると、ベテランとまではいかないまでも中堅の域に入る。よく続いてるよなぁ。自分に対して感心半分、呆れ半分の複雑な心境になりながら、台車を押してエレベーターに乗り込む。


搬入を終えてカラになった台車と共に、路肩に停めた四トントラックまで戻る。ハザードランプを点けたトラックの助手席で、後輩の三島《みしま》が惣菜パンを頬張りながらスマホをいじっていた。この辺りは駐禁取り締まりの職員が頻繁に巡回しているので、無人のトラックを停めておくのは危険だ。昼休憩と兼ねて、三島には緊急の車両移動要員として乗車してもらっている。

「悪いな」

「や、全然大丈夫っすよ」

俺は事故らないように細心の注意を払いながら、トラックを転がした。

あとちょっとで社歴十年かぁ。先ほど脳裏によぎったことを思い出しつつ、ハンドルを握る。いいとこの大学を出て大企業に就職し、年収八百万に届くかなんて話をする地元の同級生もいる中、俺は自分のキャリアにはあまり興味はないので、一度も会社を変えようなんて考えたこともなく今に至る。

チーター運輸は、チーターが疾走する姿をトレードマークにした、誰もが知っている大手の企業。黒と黄色を基調とした制服は、日本全国で見かけることができる。運送業ならではの少々ブラックなところはありつつも、福利厚生はしっかりしている。まあまず潰れることもないだろうし、余程のことをやらかさない限りはクビになることもない。

仕事自体は真面目にこなしてきた。クレームやミスは周りの社員よりも少ないし、上司とそれなりにコミュニケーションをとりつつ、多くの配送ルートを覚えて、そこそこ頼りにされているという自負もある。

同期の中で一番にトラック乗りを任され、給料も少しずつではあるが上がってきている。体を動かすのは嫌いではないので、なんとか今までやってこられた。

これからもこういう生活が続いていくだろう。そのことに対して、失望も諦念もない。汗水垂らしながら仕事をこなし、自分の趣味に生きる。これは俺が生きたかった生き方だ。

「そういや滝川さんって、出身京都なんすよね？」

三島が聞いてくる。

「うん。高校卒業して、こっちに来た」

「へぇー。いや、俺の知り合いに大阪出身のやつがいてね、東京来てしばらく経つんすけど、未だにコッテコテの関西弁なんすよ。滝川さんはそんな感じじゃないなぁと思って。普通に関東の人だと思ってました」

「あー……京都はそんな関西弁キツくないから、かな」

東京に越してきてから社会に出たことも関係しているのかもしれない。地元に帰った時だけ関西弁に戻るもんだから、母親や友達からエセ関西人だと馬鹿にされることがある。

「大阪と京都でも違うんすね。京都はアレですか？　はんなり、ってヤツですか？」

三島はそう言って、俺を茶化してくる。

「え？　ああ、うん……そんな感じかなぁ」

「俺、旅行で行ったことあるんすよ。京都市内の方とか……京都御所、だっけ。前の彼女が好きだったんすよ、そういうの」

「……ふーん、そっか」

気の利いた返事でもしてやりたかったけど、何も思いつかなかった。俺は京都出身とはいえ神社仏閣に特別詳しいわけではないし、女性経験が乏しすぎるためにそっち関係で話を広げることもできない。三島はつまらなそうにポケットからスマホを取り出し、運転をしている先輩……俺のことをそっちのけで画面を操作しだした。

俺は内心だけでため息をついた。こういうところで、後輩である三島から舐められているというか、少し下に見られているというふうに思ってしまう。

信号待ちになり、ふと三島の操作するスマホの画面が視界の端に入る。女性の顔写真がちらと見え、また別の女性に切り替わる。

顔を上げた三島とばっちり目が合う。スマホを覗き見る形になってしまった。

「あ、ご……ごめん」

「いや、全然いいっすよ。マッチングアプリやってるんすよ」

「ああ……そうなのか」

「滝川さんもやってみたらどうすか？」

三島は俺に彼女がいない前提で話を振ってきた。……まあ、実際その通りだから何も言い返せないのだが。

一昔前なら出会い系サイトとかいう名前で敬遠されていたけど、近年のネットの普及に伴い、見ず知らずの男女がそういったアプリで交際を始め、結婚するケースも少なくない。

「まあでも滝川さん、あんまり彼女とか欲しくなさそうですもんね」

なんだか馬鹿にしているように聞こえて、俺は思わずムキになってしまう。

「そ、そんなことねえよ」

「あ、そうっすか？」

三島は少しだけ見直したように声を弾ませる。

俺は二十七年間の人生で、一人の女性としか付き合ったことがない。その彼女とも趣味や価値観が全く合わなくて、数か月しか続かなかった。彼女が欲しいのは本心なのだが、女性関係に関しては全くと言っていいほどに自信がないのだ。身長だけは無駄に高いのだが、猫背のせいか、内面が表に現れているせいか、これまでモテたためしがない。

「……でも、実際に女の子に会えるもんなのか？　そういうアプリって」

俺の問いに、三島は渋い顔になった。

「まあー、なかなか難しいっすねぇ。メッセージがいきなり途切れることなんてザラっすよ。やっと会えたと思ったら、写真と実物が全然違ったりね。いやマジで、写真なんていくらでも加工できますよ」

「あーなんか、そういう加工アプリとかあるもんなぁ」

「そうそう。俺みたいな男の写真をもとに、女に加工できるくらいですもん」

「ははっ」

「加工はしなくても、角度とか調節して、顔の輪郭とか体型を誤魔化してる子も多いっすよ。実際会ってみて……え、誰？　みたいな」

「そうなのか」

「なんで女って、会ったらすぐにわかっちゃうところで見栄張りたがるんでしょうね。まあ、かくいう俺も年収の欄、二百万くらい、かさ増ししてますけどね」

「男も女も、どっちもどっちだな……」

「違いねぇっす」

三島は笑った。

「そのアプリ、どんくらいカネかかるんだ？　タダじゃないんだよな？」

「まあ、メッセージ送ろうと思ったらカネ払わないといけないんで、結局タダじゃなんもできないっすね。月換算だと……二千円くらいかな？」

月二千円……高いのか安いのか、よくわからん。

「滝川さんもやります？　『シェリール』」

「うーん……」

「俺が指南してあげますよ、色々」

「なんだよ、指南って」

「色々あるんですって。どういう写真がいいかとか、プロフの書き方とか」

「別に興味ないけど聞いてやるよ、うん。全然全くやるつもりはないけど」

「なんで早口なんすか」

俺のちょっとした強がりに、三島がそう返す。事務所までの道中、俺は興味のないふうを装いながらも、三島の話をまあまあ真剣に聞いたのだった。

＊

その日の仕事を終えて、俺は早々に帰宅した。

中野区にあるワンルームで家賃は六万円。東京二十三区の中ではリーズナブルな物件だ。

チーター運輸の事務所までは電車通勤で二十分。東京で車を持つなんて趣味とか道楽だと思っているので、移動は全部公共交通機関か徒歩だ。

この辺りは閑静な住宅街だから住みやすいし、そこそこ飲食店もある。新宿、渋谷、池袋なんかの都市部にもアクセスしやすいので、欠員が出た時の応援勤務としても出動しやすいのだ。それを理由に会社からこき使われている部分もあるが……その分会社からは評価されて、ちょっとは賃金をアップしてもらっている。

鍵を開けて部屋に入り、靴を脱いで部屋の灯りとテレビを点けた。

『さあ今週も、職業別の面白いあるあるネタをご紹介していきましょう！　今回の職業は……？』

テレビから流れてくる賑やかな声をBGMにしながら、通勤鞄を整理する。

『どうやら勤務中に言ってはいけないセリフがあるらしいですよぉ？　では現役の方々にインタビューしてみましょう！』

芸人レポーターが元気に声を張り上げている。一人暮らしの寂しさを紛らわせるにはちょうどいい声量だった。

部屋の隅にある専用台座の上にはプラモデルが並べられている。俺が生まれる前からシリーズが続いている人気ロボットアニメ『新世紀ガングナー』のプラモデルだ。作中に登場するロボットの1／100のプラモ。腕によりをかけて作った自信作が五体、綺麗に飾られている。アニメキャラのフィギュアも数体ある。

液晶テレビの前に置かれているのはゲーム機三種。そして積み上げられたゲームソフトのケース。携帯ゲーム機のエピックギア・ポータブル――俺が小学生だった頃に発売された初代から今やナンバリングも5になる――も、もちろん持っている。

ちゃぶ台の後ろに置かれた棚の中には、漫画本とアニメのブルーレイが所狭しと並んでいる。それらは俺の中で名作と思えるものだけだ。欲しいものを手当たり次第買ってしまうと金銭的に厳しくなるし、何より部屋に置くスペースがない。手元に置いておきたい作品だけ購入し、あとは電子書籍やサブスクなんかで済ませている。

ここが俺のマイホーム。俺はいわゆる「オタク」と呼ばれる部類の人間だ。まあ、今時オタクなんてわざわざ明言するほどの人種でもステータスでもない。日本一億総オタク時代なんて言われるくらい、エンタメやサブカルの世界に没入している人間は少なくない。日本経済の一部を回しているのはそれらのコンテンツであり、タイアップやコラボで、アニメチックなキャラが一般人の目に映ることなんて日常になった昨今。萌えキャラなんて言葉は死語になりつつあるし、日本の映画市場は実写よりもアニメの方が多くの興行収入を得られることも当たり前になってきている。

京都出身の俺がわざわざ東京に引っ越してきたのも、自らの趣味によるところが大きい。早くに父親を亡くし、たった一人の家族である母親から地元で働けと散々言われたけれど、反対を押し切って東京にやってきた。

アニメのイベントやゲーム大会、コミケと呼ばれる一大同人漫画の即売会、そこを闊歩するコスプレイヤー。それらのオタク文化を存分に味わうには、東京が一番だ。

それとは別に、俺が京都から出たいと思うに至る出来事があったのだが……まあ、あまり話したくない思い出だ。

やりたいことや将来の夢なんて見つけたこともないし、欲しいとも思わない。カネを稼いで、趣味に没頭する。それが俺のやりたいことであり、生きる意味でもあった。

学生時代からバイトと趣味にばかり時間を費やしてきた俺だったけど、二十代の後半に差し掛かった頃から、結婚という二文字を意識するようになった。地元の早いヤツはもう子どもがいるし、いつかは俺も……と考えることが多くなった。

心配をかけている母親に、少しでも吉報を知らせたいということもあった。俺は一人っ子だし、女手一つで育ててくれた母さんに、孫の顔を見せられるのは俺しかいない。そもそも結婚に対して憧れがあった。

多様化が認められるようになった昨今、結婚が人の幸せとは限らないという意見もあるし、まあその通りだと俺も思う。晩婚化が進み、一生独身を貫く覚悟を決める人も多くなった。でも俺はやっぱり、心のどこかで孤独を恐れているのかもしれない。今までの女性経験の乏しい人生を振り返り、ふと劣等感と虚しさに囚われてしまうことがある。

「婚活、かぁ」

二十七歳はまだまだ焦る必要のない年齢だとは思うけど、動くなら早いに越したことはないよなぁ。

コンビニ弁当をレンジで温めて、割り箸を割る。右手で箸を持ちながら、左手でスマホを操作した。確か三島がやってたのはシェリールというアプリだったよな。

迷っているうちに何もできなくなるのが怖くて、俺は勢いでシェリールをダウンロードした。シェリールとはフランス語で慈しむという意味らしい。ピンクで縁取られたハートのアイコンが、俺のスマホのホーム画面に新しく表示されることとなった。

しっかり作られているな。それが、最初にシェリールというマッチングアプリに抱いた感想だった。直感的にタップすれば即座に見たい情報が得られる操作性。全体的に角がなく、淡い色使いでデザインされている。

三島から使用料金を聞いた時は少々お高いかなと思ったけど、逆に有料だからという安心感もある。タダ同然で使用できるマッチングアプリもあったけど、粗悪なものが多く、いわゆる体目当ての会員が多いらしい。ネットの口コミでもシェリールの評判は良く、まじめに出会いを求める会員が多く登録しているらしかった。慎司という下の名前をカタカナにして登録し、シェリールでの恋活を開始した。

もしスマホの画面を三島に覗き見されたら絶対に茶化される。先輩としての威厳は保たなければ、というくだらないプライドを発揮した俺は、着信音を鳴らさないように設定した。

プロフィールを黙々と書いていく。とりあえず職業は会社員を選択。年収の欄、三島は見栄を張って二百万円ほどサバを読んでいると言っていたけど、俺は正直に四百万円と記入した。もしうまく交際まで持っていけたらどうせバレるのだから、カッコつけたところでカッコ悪いだけだ。

一通りプロフィールを書き終えたところで、画面下部の「サークル」という欄に目がいく。タップしてみると様々なアイコンが用意されており、スポーツやアウトドア趣味、異性の好みや服の趣味なんかがカテゴライズされていた。そのサークルに加入すれば、自分と似たような趣味嗜好の人を簡単に見つけられるということらしい。プロフィールにもアイコンが表示され、気になった人がどのような好みを持っているかが一目瞭然というわけだ。趣味嗜好の一致が、男女交際において重要な判断材料であることは間違いない。なるほど、色々考えられているなぁ。

サークルの中には『豪火の剣』のアイコンもあった。俺が高校生の頃に一世を風靡した少年漫画だ。バトルアニメに定評がある制作会社がアニメを手がけたことにより、一気に人気が爆上がり。国民的アニメの地位へと上り詰めた。

もちろん、俺もこのアニメは履修済みだ。俺の中のベストアニメにはなり得なかったけど、まあまあ楽しめたので、一応このサークルにも入っておこう。アイコンをタップすると、俺のプロフィール欄に豪火の剣の主人公、『渦巻雷太』の顔が表示される。

その他にも、様々なオタク趣味、サブカル関係のアイコンがあった。俺が好きなゲームのタイトル、アニメキャラなんかを手当たり次第タップしていくと、プロフィール欄がアニメ絵で溢れかえってしまった。これ、完全にオタクだってまるわかりだよなぁ……。ちょっと恥ずかしくなってくるけど、それが本来の、このサークルシステムに準拠した仕様だとも言える。

なんかちょっと楽しくなってきたな。俺はコンビニ弁当をつつきながら、シェリールのアプリをいじり続けたのだった。

女性陣のプロフィール、写真に触れ、どんな人たちが会員登録をしているかを確認していく。

失礼な言い方にはなるが、写真を一目見て地雷であることがわかる女性も多い。露出多めの服装は論外。明らかなカラーコンタクトにガッチガチのメイクはまだしも、写真加工マシマシの画像を載せられても、男側からしたらちょっと引いてしまう。

やっぱり、にっこり笑顔で気取らず、柔らかな雰囲気の女性がいいよな。結婚も視野に入れているなら尚更。自然体で、服装も角がないような淡い色使いのやつとか。

俺のプロフィールページには、先輩の結婚式に出席した時の写真を一枚目に持ってきた。正装なので清潔感もあるし、決してイケメンではないけど表情が晴れやかだから多少良くは見えるだろう……多分。あとは遊びに行った時の写真をサブで数枚。

女性側から見た男性陣の地雷っぽいやつって一体どんなのなんだろうなぁ。俺はふと考える。同性のプロフィールを閲覧することができないので、余計に気になってしまう。

そういえば、三島の載せている写真を見せてもらったけど、あれにはちょっと笑ってしまった。路地裏っぽいところで壁にもたれかかり、タバコをふかしながら明後日の方向をぼんやりと見やる三島……これ絶対女性ウケ悪いだろとは、後輩とはいえ言えなかった。カッコいいっしょ？　と三島に聞かれたけど、ん、うん……としか答えられなかった。

突然、ベルのアイコンに赤いマークが点灯する。どうやら誰かから「いいね」が来たようだ。俺は早速その女性のプロフィールに飛んだ。

「……」

登録名は「むにゅむにゅ」。なんかもうこの時点でヤバい匂いがぷんぷんしたけど、一応プロフィールを確認してみる。サークルのアイコンにオタク趣味がずらりと並んでいるのはまあいい。俺もそうだし。

写真の彼女は、顎に手を置き上目遣い。口を大きく尖らせたアヒル口。加工アプリで顔に白い粉がまぶしてある。この写真加工、一体何なんだマジで。これが女子にとってのカワイイなのか？　全く理解できない……。

自己紹介文には、こんな男はＮＧ、みたいなことしか書かれていない。タバコがダメ、ご飯は奢ってくれなきゃダメ、車持ってなきゃダメ。あれがダメこれがダメ。申し訳ないけど、こちらの方はスキップ。俺は自分からいいねを送る女性を探してみることにした。

相手の居住地は関東圏、年齢は俺の年齢である二十七歳からプラスマイナス五歳。それと、「結婚願望無し」の人は除外した。

検索範囲を設定して女性陣のプロフィールを確認していくと、さすがの優良マッチングアプリ。感じの良さそうな女性が大勢いた。

だが、やはり美人は千以上のいいねをもらっている人も多く、この群雄割拠に参戦して勝ち抜く自信はないのでスキップ。俺の年収は四百万円。首都圏に大勢いるセレブ兄貴たちに太刀打ちできないことは、残念だが認めるしかない。

いいねの数がせめて五十くらいの女の子を探してみるか。小市民っぷりを存分に発揮しながら、俺はスマホをいじった。

コンビニ弁当も完食目前という頃、「ミナ」という女性会員に目が留まる。写真は遠目の後ろ姿で顔は確認できないけど、佇まいや雰囲気が良さげな子だった。

年齢は二十五歳。俺の二つ下。身長は百六十センチ。写真を見直してみる。髪型はセミロングで、体型は普通。二枚目以降の写真はオシャレな食事風景やキャラクターグッズを写したものばかりだった。

サークルを確認してみると、趣味はほとんどアウトドア。休日はデートスポットやテーマパークに連れていってほしいと書かれていた。あとは食べることが好きで、カフェや美味しいご飯屋さんに行きたい、とも。絵に描いたような都内に住む今時の女子といった感じ。

いいねを送ると同時に消費されるアプリ内のコインの数にはまだ余裕があったので、俺はそのミナさんにいいねを送ってみた。軽快なサウンドエフェクトと共に、ピンクのハートがミナさんに送られる演出が流れる。するとその数分後、なんとマッチングが成立したのだ。俺は驚きと喜びで、つい変な声が出てしまった。

この瞬間に送ったいいねが発端で、後々とんでもない展開になろうとは……その時の俺には想像すらできなかったのだった。


ミナさんとのアプリ内でのメッセージのやりとりは順調そのものだった。一日に三往復、多ければ五往復くらいのペースで、メッセージの吹き出しが積み重なっていく。

他愛もない会話ばかりだけど、冗談も程よく通じるし、絵文字が適度に使われて明るい感じがいい。若干ノリが軽すぎるのが気になったけど、ついていけないほどではない……かな？

な。

「ミナ、かあ……」
名前は何と言うのだろう。ミナ、が入った名前……いや、苗字の一部かもしれない

このミナさん、基本はアウトドア趣味だけど、漫画のサークルにも二つ入っていた。一般人にとってもメジャーどころの豪火の剣と、陽キャ御用達漫画『スリー・トレジャー』。この二作品だったら深い話ができる。それがミナさんを選んだ理由でもあった。

一週間ほどやりとりを続けてから、俺の方から会いませんか、と提案してみる。女の子をデートに誘うのなんて何年ぶりだろう。返事が来るまでものすごくドキドキしたけど、無事オッケーをいただいた。

約束は次の土曜日。久しぶりに女の子とのデートでスケジュールを埋めた俺は、かなり浮かれていたのだった。

＊

約束の日。俺は新宿駅の新南改札を出てすぐの広場に来ていた。広場に設置してある交通系ＩＣキャラクターのペンギンの銅像前で、ミナさんと待ち合わせをすることになっている。

スマホのカメラを自撮りに切り替えて、ワックスでガッチガチに固めた自分の髪型を写す。これ、おかしくないかな？　大丈夫かな？　ワックスでセットしたのなんて何年ぶりだ？　っていうか女の子と二人きりで会うのも……いかんいかん、考えすぎたらダメだ。こういう時は頭を空っぽにした方が大体上手くいくもんだ。

今日のコーディネートは、服屋の店頭でマネキンが着ていたものを全身そっくりそのまま買い揃えたものだ。ベージュのカーゴパンツに、上は白シャツと紺のジャケット。やっぱりこういう時は、あれこれ迷うより上から下までマネキン買いした方がいいよな。俺みたいなファッションに疎《うと》い男でも、それなりに見られる格好にしてくれているはずだ。靴だけは自前の履き慣れた白のスニーカー。きちんと洗ってきた。

待ち合わせは午後三時。昼でも夜でもない中途半端な時間。今回は初対面なので、食事ではなくお茶だけにしようということになったのだ。近くに若い女性に人気のカフェチェーン店があるし、そこが満席でも他に店はいくらでもある。今日は天気がいいから広場でお茶することもできるし。うーん、俺ってばめっちゃ気が利く。

まあ正直なところ、初対面の女性と二、三時間も間を持たせる自信がなかったというのが本音だ。とりあえずは、一時間。カフェでお茶。俺の中に選択肢が豊富にあるわけではなかった。

あー、すっげぇドキドキする。手持ち無沙汰すぎてスマホをいじりたくなるのを懸命に堪えながら、いたって平静を装う。広場前を歩く家族連れをなんとなく目で追いながら、視野を広く保つ。ミナさんの到来を今か今かと待ちわびる。女性との待ち合わせに不慣れなうえに、初対面ということが俺の緊張を最高潮に引き上げていた。

早く来ないかなぁ。と、俺は三島の言葉を思い出す。写真とは全く印象の違う人が来ることがある、とか言ってたな。それだったら嫌だなぁ。あ、でもミナさんは遠目の写真しかなかったし、その心配はなさそう。っていうか顔もわからないのによく会おうと思ったな、俺。今更怖くなってきた。

宗教の勧誘とかセールスの人とかだったらどうしよう。そういうのに気をつけてくださいって、シェリール公式が注意喚起してたっけ……。

俺が不安に囚われ始めた時、改札とは別方向、駅に併設された百貨店の方から若い女性が現れた。その途端、俺はくぎ付けになった。その女性は……駅前の広場を猛ダッシュで、しかも鬼の形相でこちらに向かってきていたのだ。女性の視線は完全に俺をロックオンしている。

「えっ、えっ、えっ？　なになになに？　怖い怖い怖い怖い」

大人の全力疾走を間近でお目にかかることなんてそうそうないから、俺は思わず驚きと畏怖の声を漏らす。

うわなにこれ、めっちゃ怖い。咄嗟に中腰になり、防御の体勢をとる俺。今から戦闘でも始まっちゃう？　これが俺の闘いの日々の始まり？　……少年漫画の読みすぎ？

その女性は目の前で急ブレーキ、俺を見上げる。肩でぜぇぜぇ息をしながらも慌てた声で言った。

「あのっ……あ、あなたはっ！　タ……タキガワさんですかっ⁉」

「えっ？　あ、はい！　そ、そうですぅ！」

間抜けな声を返す俺に、女性は目を見開き、まじまじと俺を凝視する。これが俺と彼女の……奇妙なラブストーリーの始まりだった。

「あの、ミナさん……ですよね？」

俺が聞くと、目の前の女性は一呼吸置いた後で返答する。

「は、はい。そうです。……ミナ、です……」

先ほどまでの勢いはどこへやら。呼吸が整うといきなりしおらしくなったミナさんを、俺はそれとなく観察した。

身長は女性平均よりやや低めだろうか。髪型はショートボブ。最初は気迫に押されて怖気付いてしまったが、よく見ると全体的に清潔感のある装いで好感が持てた。上は焦茶で、下は白のロングスカート。シックで清楚な感じ。いいよなぁ、こういうシンプルなコーデ。だからこそ、こんな可愛らしい服装の女性が鬼の形相で猛ダッシュしてきたことに、俺は思わずびびってしまったのだが。

プロフィールの写真は確かセミロングで、おでこを出していたよな。髪型が変わっているからというのもあるのだろうが、随分と写真と印象が違うなぁ。まあ、写真は遠目だったから、雰囲気しかわからないんだけど。

「急がなくてもよかったのに。時間、全然遅れてませんよ？」

腕時計を見ると、時刻は午後二時五十五分。そんなに焦る時間でもないだろうに。

「……と、とりあえず、あそこに入りましょうか」

俺は少し歩いたところにある、予定していたカフェチェーン店を指差す。

「…あっ、あのっ！　場所移動しませんか？　ここじゃなくて……ほら！　駅の向こう側にも色々ありますから！　そこに行きましょう！」

新宿駅西口の方向を指差しながら、ミナさんは言った。

「えっ、ここでよくないですか？」

わざわざ西口まで移動する意味がわからない。このあたりにもカフェはいくらでもあるのに……。

「でもほら、あっちの店の前ならベンチがあるし、店内が混んでても座れますよ！」

それだったらこの広場にもいくらでもベンチがあるんだし、座り放題ではないか。

どうしてわざわざそんな遠くに……という俺の意見は退けられ、ミナさんはすたすたと西口の方へ早歩きで向かう。

うーん、大丈夫かなこの人。自分勝手すぎない？　俺は一抹の不安を胸に、とりあえず彼女のあとを追った。


俺の斜め前を歩くミナさんは、駅前からずっと早歩きだった。こんなに歩くのが速い女の子、俺は初めて見た。

横断歩道を二回渡り、車両通行止め看板のある狭い通りに入る。そこでミナさんは大きく息をつき、いきなり歩くペースがガクンと落ちる。やっと俺の隣でゆっくりと歩いてくれるようになった。

何なんだ？　駅前から誰かに追跡されてたの？　この子もしかしてスパイか何か？これから俺は敵対する二つの組織の抗争に巻き込まれちゃう？　……ハリウッド映画の観すぎ？

とかなんとか妄想を膨らませながら歩いていると、横から強烈な視線を感じる。ふとそちらを見やると、ミナさんとがっつり目が合い、慌てて視線を逸らすミナさん。ガッチガチに緊張した面持ちで、ぎこちなく歩みを進めていた。

あれかな、ちょっと不安定な人なのかな。初対面で俺に猛ダッシュで近付き、わざわざ離れた西口のカフェを指定。歩くペースも速くなったり遅くなったり。俺をガン見しては目を逸らす……アプリ内でメッセージのやりとりをしていた時とは随分と印象が違うなぁ。

　時刻は午後の三時過ぎ、新宿駅西口の家電量販店に隣接するカフェに到着。最初に指定したカフェチェーンの別店舗だ。

　ミナさんが遠慮がちに俺に言った。

「……お好きなんですか？　このカフェ」

　いやまあ、好きといえば好きだけど。っていうか結局このカフェに入るんなら、両方とも同じチェーン店だし、広場前の店でよかったのでは？　という本音は飲み込んで、ああ、ははは、という愛想笑いだけを返しておいた。

　店内はゆったりとしたＢＧＭが流れ、シックな色の内装とよくマッチしている。

　俺はブラック、ミナさんはカフェラテを注文する。

「席は、ここでいいですか？」

「はい」

　ところが、この会話がミナさんとのカフェでの唯一のまともなコミュニケーションとなったのだ。

　お仕事お忙しいですか？　休日は何をされているんですか？　当たり障りのない質問をしていくが、ミナさんは俯いたままで何故か何も答えてくれない。

仕方なく俺が代わりに答えていく。運送業です、チーター運輸。完全にインドアなんで、漫画、アニメ、ゲームを嗜《たしな》んでおります。背丈は平均以上あるけど痩せ型でひょろ長く見られるのがコンプレックスで。

なんかアホらしくなってくる。聞いた質問に自分で答えるなんて、一人相撲でもしている気分だ。

「ミナさんって、アウトドア趣味が多かったですよね？　結構外に出る方なのかなと思ったんですけど」

「わ、わたしは……どちらかというと、インドア寄りですね……どちらかというとオタクです、はい」

「……」

「あ、でも外にも出ますよ！　映画行ったりアニメショップ行ったりコラボカフェ行ったり……あと、コミケとかも！」

いやいやそれ全部オタク趣味なんだよなぁ。アウトドア趣味とは程遠い言葉の羅列に、俺は呆れてしまった。

そこから色々話題を振ってみたが、全て空振り。ミナさんは生返事をするだけで、質問に答えてくれない。初対面の印象とはまるで違う彼女に、俺は戸惑った。

「……ミナさんって、すごく、何て言うか……落ち着いてますよね」

もう間が持たなくて、口からそんな言葉が突いて出た。オブラートに包まずに言うと、無口で何考えてるかわかんない人ですね、もうちょい何か喋ってくれ、の意。

俺の真意が通じたのかはわからないけど、ミナさんはハッとしたように顔を上げ、俺の目を凝視する。店内に入ってからやっと目が合ったことに喜びつつも……ミナさんの不審そうな表情に、不安を覚える。

嫌味っぽく聞こえちゃったかな。そんなつもりはなかったのだが。あ、いや、そんなつもりも含めてはいたけれど。傷付いちゃったかな。

「あ……ほら、何て言うか、あまり口数の多い方じゃないとお見受けしたので、落ち着きのある方だなって。あの、俺はペチャクチャ喋り続ける人があまり好きではないので、すごく好感が持てるなぁ、と……」

言い訳がましく言った。ってかなんで俺が慌てなきゃならないんだ？

「……ああ、そういう意味ですか。ですよね。はは。わたしったら……」

そういう意味って、俺が言った意味以外にどんな意味があるんだ？

結局ミナさんがどんな人なのかわからないまま、カフェをあとにした。話が弾まなすぎて、俺たちの間の空気は、控えめに言って最悪。

多分もうこれっきりだろうな。せっかく休みを合わせて会えたのに。女性慣れしてなさすぎる俺との会話が退屈だったのかもしれない。ミナさんには悟られないように、密かに落胆していた。

自動ドアをくぐってすぐ、ミナさんとばっちり目が合った。気まずそうに目を逸らすミナさん。

なんだろう。俺のことが気になるのだろうか。ここまで会話が盛り上がらなかったにもかかわらず、俺はまだ希望を捨て切れていないらしい。なんと往生際の悪い男だろうか。

確かに俺の好みのタイプであることは間違いない。老若男女に好かれそうな優しげな顔立ちに、清楚な服装。若干変わり者ではあるけれど、ミナさんさえよければまた会ってみたいという気持ちはある。

まあでも、無理だろうな。俺は小さくため息をついた。

「あっ」

突然ミナさんが声を漏らした。一体なんだろう。彼女の視線を、俺はそれとなく追う。

カフェのすぐ横は家電量販店で、一階はゲームとオモチャ売り場だった。俺もお世話になっている店だ。ゲームやプラモデルは、いつもここで購入している。

そのゲーム売り場に、ゲームの試遊台があった。大人気ゲーム、『リトルパック・

ファイターズ』、通称『リトパ』の最新作だった。カッコ可愛い妖精たちがバトルを繰り広げ、最後まで生き残ったやつの勝ち。わかりやすい対戦アクションゲームだ。もちろん俺も購入済み。ネット対戦でランクマッチ上位に食い込むほどにやりこんでいる。

「ミナさん、ゲームとかされるんですか？」

「結構やりますよ。リトパは今作が初めてですけど。ほら、ウェンディ姫が参戦したでしょう？　それでやってみたくなっちゃって。わたし、ウェンディ大好きなんです」

目を輝かせながらミナさんは言う。シェリール内のゲームサークルに多数入っている俺に気を使っている様子はなかった。ただ純粋に、本心からの言葉だとわかる。

「リトパのウェンディ参戦には驚かされましたよね。まさか他社からなんて」

「ほんとに、ね。わたし、嬉しすぎて飛びあがっちゃいましたもん」

ウェンディ姫がヒロインをつとめるゲームシリーズ、『ウルトラ・クリス・ファミリーズ』と、リトパの開発販売元は全くの別会社。大人の事情の垣根を越えて参戦が決まった時には、日本国内だけでなく、海外のファンをも熱狂の渦に巻き込んだのだった。

「やってみます？　リトパ」

「そうですね！　やりましょう！」

先ほどまでの陰鬱とした雰囲気は何処へやら。ミナさんは張り切った様子でコントローラーを手に取る。

アプリのプロフではアウトドア趣味がほとんどだったはずなのに、ゲームもするんだな……俺は首を傾げつつ、コントローラーを握った。

結果から言うと、俺はリトパのゲーム内でミナさんにボコボコにされた。ちょっと呆気に取られていた。ナンバリングが更新するたびにネット対戦にいそしみ、高ランクを維持してきたこの俺が、今日会ったばかりの人に負けるなんて……。

いやいやちょっと待て。先ほどまではステージギミック有りのアイテム有りルール。運が大きく左右するパーティゲームでしかない。

「……あの、アイテム無しの『北の大聖堂』でやりません？」

「あ、ガチマッチルールですね。いいですよ、やりましょう！」

ミナさんは快くオーケー。この北の大聖堂というステージはギミックがほぼ無いと言ってもいいようなステージで、実力だけで競い合うルールにおいてよく選ばれるステージなのだ。

ミナさんは次戦に向けて、コントローラーのスティックをぐりぐりと回してウォーミングアップをしている。その指先は、ネイルの類を一切していなかった。爪は短く切りそろえられている。今時の若い女の子にしては珍しいかも？

おっしゃ、絶対勝ってやる！　と息巻いていた俺だったのだが……ミナさんのウェンディはその俺を嘲笑うかのように、のらりくらりと俺のキャラの近接攻撃をかわしつつ、魔法攻撃の飛び道具を飛ばしてくる。最後にトドメの一撃をくらい、ゲームセット。またしても俺は負けてしまったのだった。

「……」

こんなことが……こんなことがあり得るのか？　この俺がリトパで一般人に負けるなんて。一度大会でプロゲーマーと手合わせをしたことがあるが、その時に感じたのと同じくらいの失望を味わっていた。

「こんなに強いのに、なんでリトパのサークル入ってないんですか？　てか、何のゲームのサークルにも入ってませんよね？」

「……え、サークル？」

きょとん、という音が聞こえてくるようだった。

「ほら、シェリールのアプリ内のグループですよ。趣味が合う人を簡単に見つけられる、あのサークル……」

「……ああ！　そ、それのことですか！　あれ、サークルっていうんですね！　し、知らなかったです！」

慌て気味にミナさんは言う。知らなかった、か。まあ、そういうこともあるか。それにしてもこの慌てよう。なんか大袈裟だな。

うーむ、と俺が目を細めながら口をへの字にしていると、ミナさんは俺から目を逸らし、俯いてしまった。その時、俺は言いようのない既視感に襲われた。この光景を、俺は見たことがある……？

と、ミナさんが顔を上げ、

「あのっ、もしよろしければ、もう少しどこか寄っていきませんか？」

そんな嬉しいことを言ってくれた。てっきり気に入られなかったと思っていた俺は舞い上がった。

「はい、ぜひ！　どこか雑貨屋でも見に行きますか？　本屋とかでもいいですし」

「いいですね、本屋！　行きましょう！」

俺の返答を待たず、ミナさんはさっさと新宿駅の方へと歩き出した。なんなんだ一体。

ミナさんのあとを追うように、新宿駅近くの商業施設内の本屋に到着。

昨今は電子書籍のシェアがぐんぐんと勢いを増してきている影響で、小さな書店は店を畳んでしまうという話をよく聞く。こういった大きなチェーン店しか、都内でも本屋を見つけられなくなってきている。

かくいう俺も結構な頻度で電子書籍を買っているので、心苦しいところではある。全国の本屋さんのためにも紙の本を買わないとなぁとは思っているのだが……これも時代の流れというやつだろうか。

ミナさんは漫画コーナーにいた。近付いてから、そっと声を掛ける。

「そういえばミナさん、豪火の剣とスリー・トレジャーがお好きなんですよね」

サークルによれば、確かそうだったはず。一般に広く普及している二大漫画。もちろん二つともアニメ化もされている。

「そ、そうですそうです、はい、大好きです。豪火の剣の『紅蓮甲須賀ノ助善友《ぐれんこうすがのすけぜんゆう》』が好きです！」

「……ああ、紅蓮隊長ですか」

普通なら長ったらしいキャラ名を省略して紅蓮隊長と呼ぶのが一般的だけど、ミナさんはフルネームで言い切った。

「でもそれ以外にも好きな漫画はたくさんありますよ。漫画とかアニメ、大好きなんです、わたし」

またか……。俺は思った。またアプリ内でのミナさんの人物像と、実際に会って感じた印象に違和感を覚える。これではインドア寄りどころか、めちゃくちゃオタク趣味ではないか。

「あ、スリトレの新刊が出てますね！」

ミナさんは新刊コーナーを指差した。スリー・トレジャー、略してスリトレは、巻数が三桁の大台に乗っている長期連載漫画だ。山々が連なる広大な土地が舞台の冒険バトル漫画。俺はスリトレの新刊は、毎回電子書籍で購入している。巻数が多すぎて置く場所がないからだ。

「ミナさんって、こういう少年漫画系がお好きなんですか？」

豪火の剣もゴリゴリの少年漫画だ。

「そうですね。スリトレも豪火の剣も好きですけど、わたしのバイブルはやっぱり、これですね」

ミナさんが、とたとたと少女漫画コーナーの方へと移動するので、俺もあとを追った。彼女が指差す先には、『わたしの想い、君にいつか』があった。ああはいはい、『ワタオモ』ね。まあベタではあるけど、女性らしいと言えば女性らしい。

笑ってしまうくらいありきたりなシンデレラストーリーなのだが、読んでみるとこれがまた面白い。人物の感情の機微や移り変わり、表情や仕草が事細かに描写されており、可愛らしい絵と相まって売れに売れた。アニメ化と実写映画化もされた人気作なのである。

「俺も読んだことありますよ、ワタオモ」

「さすがですね！　少女漫画も読まれるんですね！」

さすがですねと言われるほどお互いのことを知っているわけでもない。まだ知り合って間もないでしょ……とは思ったけど、スルーしておいた。

「食わず嫌いはしたくないので、気になった作品はとりあえず読んでいますね」

「この漫画のおかげで、わたしは変われたんです」

ワタオモ一巻の表紙を見つめながら、ミナさんはそう言った。そして、湿った目をこちらに向ける。目が合った瞬間、俺は何か思い出したいような、思い出したくないような、記憶の扉をこじ開けられそうになる感覚に陥った。

束の間見つめ合ったあと、ふい、とミナさんは視線を逸らすとこう言った。

「ワタオモのおかげで、今のわたしがあるんです」

ワタオモの主人公に触発され、なりたかった自分に変われた、とかそういうことだろうか。フィクションの世界に憧れ、勇気をもらい、生きる気力とする。ミナさん以外にもそういう人はたくさんいるのだろう。

たかがエンタメだと吐き捨てる人もいるだろう。でも、そのたかがエンタメに心を救われ、人生の進む道を変えられた人もいるのだ。

俺だってそうだ。この世に面白いエンタメはごまんとある。漫画を読んで、アニメを観て、ゲームをプレイする。そうやって俺も生きる気力をもらってきた。

豪火の剣の人気キャラ、紅蓮隊長。大袈裟な言い方になるかもしれないけど、俺はあのキャラに人生を変えられた。それはあまりいい思い出だとは言えない出来事だったけれど、今となってはそれも一つの、俺が歩んできた道だ。今更後悔なんてこれっぽっちもしていない。

「ワタオモ、いい漫画ですよね。俺も好きです」

ミナさんにそう言うと、彼女は満面の笑みを見せてくれた。その笑顔を見た瞬間に、俺は彼女に惚れてしまったのかもしれない。


本屋を出たあとも、俺とミナさんはウィンドウショッピングを楽しんだ。ちょっとお茶をするだけの予定だったけど、会ってから三時間近くが経過している。商業施設から外に出ると、空はほんのりと暗くなってきていた。

ご飯に誘おうかとも思ったけど、引き際は大事だ。まだ初日だし、調子に乗るのはやめておこう。もう少しだけ一緒にいたい気持ちをぐっと堪えて、今日はこのくらいで解散しましょうと提案した。

俺の勘違いでなければ、ミナさんも名残惜しそうにしてくれている様子。この調子だと、また会ってくれそうだな。俺は少し浮ついていた。

「もしよかったら、ＬＩＮＥアドレスを交換しませんか？」

俺は勇気を出してそう言ってみた。シェリールのアプリ内でもメッセージの交換はできるけど、アプリの外で、ちゃんとアドレスを交換することに大きな意味がある。

「そうですね！　そうしましょう！　今後はＬＩＮＥでやりとりしたいです！」

一瞬驚いたような顔をしたあと、ミナさんはにっこり笑ってくれた。

ポーカーフェイスを装っていたけど、俺の心はめちゃくちゃ踊っていた。まさかこんなにトントン拍子に事が進むなんて。俺はシェリールを教えてくれた三島に、心の中で激しく感謝した。

可愛いし、ノリも合うし、趣味も合う。会った当初の不安なんてどこかに行ってしまっていた俺は、努めて余裕の笑みを浮かべながら、ジーンズのポケットからスマホを取り出した。

と、ミナさんの顔を見やると、何故か先ほどまでの嬉しそうな笑みは消え、慌てた様子だ。

「……あっ、あ、あのっ！」

まさか気が変わって、ＬＩＮＥアドレスを交換してくれないとかないよな？　俺は不安になりながら返事をする。

「ど、どうしたんですか？」

「ちょっと待ってもらえますか⁉」

そう言ってミナさんは、スマホを操作し始めた。ズバババババ、という効果音が聞こえてきそうなくらいの素早すぎるフリック入力。血眼になりながらスマホを操作するミナさんは、阿修羅すらも凌駕しそうな気迫だった。

「はいっ」

ミナさんは自らのスマホの画面をドヤ顔でこちらに見せてくる。

「アプリ、削除しました！　ＬＩＮＥアドレスを交換したら必要ないでしょ？」

「え、ああ、なるほど……？」

まあ確かに、ＬＩＮＥで連絡を取り合えるのならシェリール内のメッセージ機能は必要なくなるが……もしミナさんとのご縁がダメだった時、また新たな女性を探すのに再入会するという手間がかかってしまう。

つまりこれは、お互いが「この人に決めた！」という相互確認作業ということになる。ミナさんは俺という男を認めてくれたと考えていいのだろうか。

そういえば、「一緒にシェリール退会したい！」とか、そういう謳い文句のサークルもあったような気がする。つまりは、そういうことなのか？

「……わかりました。ちょっと待ってくださいね」

俺は自分のスマホに目を落とす。アプリのアイコンにメッセージ通知が来ていたが、ミナさんの勢いに押され、そのまま退会、アプリも削除した。俺からはミナさん以外にはメッセージを送っていない。きっと運営からだろう。

「はい、お待たせしました。俺も退会しましたよ」

「あ、ありがとうございます！　じゃあLINEアドレスを交換しましょう！」

こうして俺は、マッチングアプリのシェリールを退会した。こんなに早くやめることになろうとは。これは嬉しい誤算と言っていいだろう。まさか初めて会った人と一緒に退会できるなんて……。まあでも、付き合い始めたわけじゃないから、お互い早計だと言えなくもないけど。

ミナさんのLINEの登録名は「みな」だった。アプリの方はカタカナだったのに、こっちは平仮名なんだな。そしてプロフ画像は安定のアニメキャラ、豪火の剣の紅蓮隊長だった。

「プロフ画像、紅蓮隊長なんですね。てっきりワタオモの『千歳《ちとせ》』かと思いました」

ワタオモのことをバイブルだとか言ってたし。

「わたしは紅蓮甲須賀ノ助善友に、たくさん勇気をもらってきたんです」

まるで命の恩人だとでも言い出しそうな、想いのこもった表情をしていた。そしてその目を、俺の方に向ける。……まただ。また俺はおかしな感覚に陥る。既視感、デジャブ……遠い記憶を思い起こさせるような……。

「また、連絡してもいいですか？」

ミナさんは遠慮気味に、そう聞いてくる。

「そりゃもちろん。せっかくアドレス交換したんですから」

「もしわたしに興味がなかったら、遠慮なくスルーしてくださいね」

ミナさんに冗談っぽく言っている様子はない。その表情に、ほんの少しの陰りが見えた。

「しませんって、そんなこと！」

わずかな不安を覚えた俺は、それを払拭するように、努めて大袈裟に言った。


次の日からの連勤、俺はウッキウキで業務をこなしていった。男にとって、また会える女の子がいるというのは、やはり精神的にいい影響を与えまくるようだった。つまり俺は、ミナさんのことで浮き足立っていたのだ。

世間話を織り交ぜつつ、メッセージで次に会う約束をミナさんに持ちかけた。ミナさんの職業は教えてもらえなかったので、とりあえずは土日のどちらかで誘おうと考えた。

俺はその週、日曜日が出勤だったので、土曜日の昼はどうかとミナさんに聞いてみる。まだ一度しか会っていないから、夜よりは明るいうちに会う方が、女性としては安心できるかなと考えたのだった。うーん、俺ってば、めっちゃ紳士。

ミナさんは迷っている様子。少しの間のあと、わかりました、と返事をくれた。だが次の日、やっぱり夕方の方が都合がいい、とのメッセージが送られてきた。

休みの予定だったけど、急に休日出勤が入ったのだろうか。仕事でお疲れなら別の日にしましょうかと聞いてみると、夕方からなら全然大丈夫、とのこと。

まあ、本人がそう言うなら……ということで、俺はミナさんと今週の土曜日、午後の六時に会う約束をとりつけた。

ミナさんの職業って何だろうな。シェリールのプロフィールには事務職と書いてあったような。今度そのあたりも、もう一度聞いてみよう。

＊

ミナさんとの約束がとりつけられたその日のうちに、俺は池袋にある小洒落た居酒屋を予約した。時間をかけてネットの口コミサイトで探し当てた店で、女性との食事にもオススメとあった。店内の間接照明がちょうどよく、落ち着いた雰囲気。値段はそれなりだが、メシが美味いと評判だ。夕方からということなら、食事をするのが自然だろう。ミナさんがお酒を嗜むかどうかはわからないけど、酒も飲めるおしゃれな店というのがベストな選択だと思った。

約束の日、俺たちはフクロウの像の前で待ち合わせた。二回目といえども、やはり緊張する。忘れ物はないはずだ。靴もきちんと磨いてきた。フリマアプリで買ったチェックのシャツはおかしくないだろうか。

人混みの中、にこやかに手を振りながらこちらに来るミナさんに、自然と俺の顔にも笑みが浮かぶ。今日のミナさんは、薄手の長袖のワンピース姿だった。黒地に白い小花柄の落ち着いた装いが、彼女によく似合っている。手には小ぶりの茶色いハンドバッグ。

俺たちは居酒屋に直行した。予約名の滝川で席に通してもらう。苦労して探した甲斐もあり、そのおしゃれな内装にミナさんは嬉しそうに顔を綻ばせている。

一杯目はお互いアルコールを頼もうということになり、俺はレモンチューハイ、ミナさんはカシスオレンジを注文した。店員が戻っていくと、俺は疑問に思っていたことをミナさんに聞いてみた。

「今日、休日出勤だったんですか？」

「……うーん、正確に言えばそうじゃないかもですけど、まあそんなところですかね。仕事してたのは、そうですし」

「そうですか。無理されてませんか？」

「準備とか色々時間がかかっちゃって。それで夕方からが都合がよかったんです。なので、全然大丈夫ですよ」

よくわかんないけど、今日仕事があったのは確からしい。でも、準備に時間がかかったっていうのはどういうことだろうか。朝から昼までの半日仕事があって、そこから俺に会うためにおめかしに時間をかけてくれた、とか？　だったら、めっちゃ嬉しいなぁ。

でもそれなら、紛うことなき休日出勤だよな。ミナさんが歯切れの悪い言い方をした理由がわからない。

「あ、そういえば、ガングナー観ましたよ」

ミナさんは嬉しそうに、そう話題を振ってくれた。この前話したことを覚えていてくれたらしい。

「そうなんですね！　あ、どのシリーズ観ました？　最近のやつですよね？」

ガングナーは長年にわたりシリーズが制作され続けている人気アニメだ。テーマや設定を変えつつ、人間同士の宇宙戦争を描き続けている。

「初代を観ました。一番最初のやつです」

「……えっ」

あの大昔のアニメを？　懐古厨《かいこちゅう》のおっさんとか、俺みたいなマニアならまだしも

「……こんな可愛らしい今時の女性が？あれ、俺が生まれるよりずっと前の作品ですよ？　本当に初代を観たんですか？」

「はい、四十三話全部観ましたよ。面白かったです」

「しかも劇場版じゃなくて、テレビシリーズ全話を⁉」

うおおおマジかよ！　あんな古臭い作画のアニメを……しかも総集編として短くまとめた劇場版じゃなく、テレビシリーズを全て……ああもう俺、この子のことめっちゃ好きだわ。

「あ、さすがにオープニング曲とエンディング曲は飛ばしましたけどね」

「いやまあ、そりゃそうでしょうね！」

「でも疑問に思ったことがあったんです」

ミナさんは顎に手を当てて、俺に質問をした。その格好がなんかめちゃくちゃ可愛らしくて、俺はつい顔を綻ばせる。

ミナさんの疑問に次々と答えていく俺。その答えに納得したような表情を浮かべるミナさん。ああ、めっちゃ楽しい。俺はオタク特有の早口で、ペラペラと講釈を垂れていた。普通の女の子だったらキモがられるはずなんだろうけど、ミナさんは興味深そうに、うんうんと話を聞いてくれた。

ちょっとヒートアップしすぎて、体が熱くなってきた。俺はチェックのシャツを腕捲りして、チューハイを飲む。

と、ミナさんの視線が少し気になった。俺のあらわになった腕を凝視している。なんかおかしなものでも付いてる？

「……」

無言のまま様子を窺う。俺の視線に気付いたミナさんは、慌てて目を背けた。

「あ、いや、すいません」

「なんかありました、俺の腕に？」

「……あ、わたし、ほら、男性の浮き出た血管が好きなんですよ！　ドキドキしちゃうんです。なんか頼もしく見えるというか。シンジさん、体とか鍛えられているんですか？」

「肉体労働してるからですかね。ひょろひょろに見えて、体力にはそこそこ自信ありますよ」

「……ああ、そうなんですね。す、すごく素敵です、うん。カッコいい……です」

いやー、そう言ってもらえるのはすごく嬉しいんだけど、なんか全然感情がこもってないように聞こえるのは気のせいだろうか。

そこから俺とミナさんは、お互いのおすすめアニメの紹介を続けた。それはそれでまあ楽しかったんだけど、少し物足りないような思いをしていたのも確かだった。

俺たちはお互いのことを、まだよく知らない。正確には、俺のことは一通り喋ったけれど、ミナさんは自分のことを全く話してくれない。俺はミナさん自身のことをもっと知りたいのだ。

話が一区切りしたタイミングで、俺は意を決して切り出してみることにした。

「そういえばミナさん、事務職をされてるんでしたっけ？」

「……」

俺がジャブで攻めてみると、ミナさんは突然、黙り込んでしまった。

やっぱりか。趣味のことは饒舌に喋るのに、自分のことになるとこれだ。

「……いえ、違います」

「えっ」

いや、確かにミナさんのプロフにはそう書かれていたはず。シェリールを退会してしまったので、確認のしようもないことだが。

「じゃあ、なんのお仕事をされているんですか？」

「……」

「……いや、別に会社名とかまで言わなくてもいいですよ。接客、とか、営業職やってます、とか」

「……」

ずいぶん警戒心が強いな。この前の別れ際に、一緒にシェリールの退会を提案してきたのはそちらではないか。もう少し信用してくれてもいいはずなのに。

俺は別のことを聞いてみることにした。

「そういえば、ミナさんは二十五歳でしたっけ。俺の二つ年下ですね。大卒でしたら、社会人三年目とか……」

「年齢もテキトーに入力したんで、あまりアテにしない方がいいですよ」

真顔でそう言うミナさんの言葉に、俺は耳を疑った。

「……え、それは、どういう……」

「プロフィールとかあまり真剣に書いてないですし、全部デタラメです」

「……はっ？」

この子は一体何を言ってるんだ？　俺は呆気に取られて、口をあんぐりと開けたまま素っ頓狂な声を上げた。

信用できる子だと思ってたのに……裏切られた気分だった。

マッチングアプリなんてものに出会いを求めたのが間違いだったのかもしれない。所詮はネットの世界で知り合っただけの関係。そこに多分な期待を寄せた俺が馬鹿だったのだ。

いや、でもちょっと待てよ。シェリールのアプリには、身分認証制度があった。俺もスマホのカメラで免許証を撮影し、運営に送ることで、身分がしっかりとした人間であるという認証を得ることができていた。

　ミナさんにも認証のマークが付いていたはず。職業を偽ることはできるだろうが、さすがに年齢を詐称することはできないはずだが……。

「失望しましたか？」

　ミナさんは俺の目をじっと見ながら、そう聞いてくる。俺は確かにこの人に裏切られたはずなのに……不思議なことに、怒りという感情が湧いてこなかった。ミナさんの目が、あまりにも複雑な感情を宿していたからだ。憂い、後ろめたさ、そしてわずかな……希望？

　俺はこの目に見覚えがある。確信にも似た感覚を覚え、どうしようもなく戸惑った。

「あなたは一体、誰なんだ」

　俺の脳内に浮かんだ疑問、それがそのまま言葉として口を突いて出た。

　ミナさんは目を伏せ、ぼそりと呟く。

「わたしはただの……何の取り柄もない、つまらない女ですよ」

　先ほどまであれほど盛り上がっていた二人のテーブルに、重たい沈黙が落ちた。

　ミナさんとの食事から帰宅した俺は、手早くシャワーを浴びて布団にもぐり込んだ。

ＳＮＳを巡回しながらも、俺の心はここにあらずといった状態だった。今日のミナさんの言葉が脳裏に焼き付いて離れない。

「プロフィールとかあまり真剣に書いてないですし、全部デタラメです」

二回会っただけで人のことを判断するのもどうかとは思うが、ミナさんは不真面目そうな女性には見えない。話し方や俺に対する接し方でそう思った。少しおかしなところは散見されたが、詐欺や勧誘まがいの人間ではないだろう……と、思いたい。

俺の誘いに乗ってくれるくらいには嫌われていないだろうし、趣味のことを話しているミナさんは本心から楽しんでいるように見えた。

ならどうして、自分のことを俺に何も話してくれないのだろうか。一緒にシェリールを退会してくれたということは、すぐにでも俺と付き合う……とまではいかないとしても、いつかはそのつもりでいてくれていると考えてもいいはずなのに。

俺はどうすればいいのだろう。またミナさんに会って、親交を深めればいいのか。面倒くさいけど、またアプリに入り直して別の出会いに期待した方がいいのか。

「彼女の……ミナさんの正体……か」

布団の中で、そう独りごちた。

しかし、書かれたプロフィールがデタラメでも、俺は一つだけ、ミナさんのことでわかったことがあった。

彼女との楽しかった会話を思い出しながら、俺は眠りに落ちていった。

＊

次の週の日曜日。俺はミナさんと初めて会った新宿駅前にいた。片手を軽快に挙げたようなポーズをとるペンギンの銅像の前で、ぼんやりと改札の方を見やる。時刻は午後の三時前。俺はあの時と同じように、ミナさんを待っていた。そう……俺は性懲りもなく、彼女に会おうとしているのだった。

もしかしたら、ミナさんに会うのはこれが最後になるかもしれない。そんな予感を胸に抱きながら、俺はとある考えを頭の中で何度も反芻していた。

待ち合わせ時刻の三分前。彼女が改札から姿を現した。

今日の彼女の服装は、白いブラウスに秋らしい茶色いチェック柄のロングスカート。初めて会った時のように猛ダッシュでこちらにやってくることはなかった。あの時は初対面だから色々気を使っていたのだろうか……いや、それにしても様子がおかしかったよな。

思い返してみると、おかしなことだらけだった。出会った当初から、俺は不信感を覚えまくっていた。それでも……少なくとも俺は、ミナさんに惹かれ始めていた。

「こんにちは」

目の前まで来て、俺を見上げるミナさん。前回の別れ際のこともあってか、その表情は冴えなかった。

「まずは少し話したいことがあるんです。座りましょうか」

俺のただならぬ雰囲気を察知したミナさんは、不安そうにこくりと頷いた。

二人して広場のベンチに座る。隣のミナさんは黙り込んだままだった。視線を落とし、気まずそうに俯いている。

ミナさんは自分のことを俺に話してくれない。ネットで知り合った他人だから、最初は俺に警戒心を抱くのも無理はない。それだけなら俺は、ミナさんに不信感を覚えることはなかったと思う。それだけなら。

しかし先週の居酒屋での一件。ミナさんは自分のプロフィールが全てデタラメであると言った。職業や年齢、趣味のことだって、事実とは全く違うプロフィールを作成していたのだ。どうしてそんなことを？　この人は一体、違う自分を作り出して、何がしたいのだろう。

自らのことを全く話そうとせず、それでもなお俺と会ってくれる。そんなミナさんに、俺はどう接すればいいのだろう。

「ミナさん、俺、あなたのことがよくわかりません」

俺の言葉で、ミナさんの表情はより一層の影を落とす。ハンドバッグをぎゅっと強く握る。ちょっと可哀想に思えてくるけど、俺は続けた。

「これから俺たちは、会い続けていいんですか？　シェリールに登録したってことは、ミナさんも恋人が欲しいって思ってるんですよね？」

「……」

「俺と一緒にシェリールを退会して、こうして三回も会ってくれている。それはすげぇ嬉しいんですけど、俺はミナさんを……信じたいけど、信じられません」

ミナさんは顔をさらに歪ませる。

「教えてください。あなたはどうしたいんですか？　俺との関係を続けたいんですか？　それとも、詐欺とか勧誘の……」

「ち、違います！　そんなんじゃ……！」

「ならどうして俺に何も教えてくれないんですか？　職業も、年齢も、趣味もデタラメ。それで人から信頼を得られると思ってるんですか？」

「……」

「別に本名とか住所とかを教えろって言ってるわけじゃないんです。ただ俺は、少しでいいからミナさんのことが知りたいんです」

「……わ、わたしは……」

しばらく待っていたが、そこから先の言葉をミナさんは続けてはくれなかった。俺は大きくため息をついた。

「なら、こうしましょう。俺があなたの……ミナさんの正体を暴いてあげます」

この日初めて、ミナさんと目が合った。不思議そうにこちらを見やるミナさん。その愛らしい表情につい心がほだされそうになるが、ぐっと気を引き締める。

「ミナさんはプロフィールに事務職と書いてましたけど、本当は違うんですよね？今から俺が、ミナさんの職業を言い当ててみせますよ」

「えっ」

自分でも何を言っているのか、理解できなかった。でも俺の中に、ミナさんをもっと知りたいと思う気持ちが確かにあった。それならば、彼女の正体を俺が見破ればいいのだ。そのアホみたいな考えに、俺はちょっと興奮していたのだった。

「……そ、そんなこと」

ミナさんは呆気に取られた様子。でもそこから、表情が少しずつ変わっていく。だんだんと柔和になっていき、そして俺の方を見やる。

「どうぞ。できるものなら、ですけど」

ミナさんは笑っていた。俺は初めて、ミナさんとオタク文化以外のことで笑い合えたような気がした。

ミナさんという一人の女性の正体を少しずつ暴いていく。この物語の結末が果たしてどんなものになるのか。怖いようなワクワクするような、俺はそんな説明のつかない心境になっていた。

この瞬間から、俺とミナさんの……謎解きゲームが始まったのだった。

「職業を言い当てることなんてできるわけない。ミナさん、今そう思ってません？」

「……」

ミナさんは何も言ってくれなかったけれど、その表情には余裕があった。まあ、そうだよな。たった三回しか会ってなくて、ミナさんは自らの個人情報を頑なに喋らなかったのだから、わかるはずがないと思うのが普通だろう。

俺は一つ大きく息を吸うと、切り出した。

「ミナさんのお仕事、夜勤、ありますよね？」

俺がそう問うと、彼女の表情は一変した。俺と視線を合わせたまま、目を見開く。

「俺、配達先の警備員で仲いい人がいるんですよ。夜勤がしんどいって、会う度にぼやいてるおっちゃんで」

「……」

「おっちゃんが言うには、夜勤明けに飲みに行く時は、帰ってメシ食って風呂入って、それから睡眠とってから行くのがお決まりのパターンなんだそうです」

ミナさんは怪訝な表情を浮かべる。

「それで？　だから何なんです？」

「この前の土曜日、最初はお昼に誘いましたよね？　ミナさんは一度は承諾してくれたけど、しばらく経ってから、やっぱり夕方にしましょうって言ってきた」

「……そうでしたね」

「朝方に夜勤が終わったとして、身支度をしてから昼に俺に会うことも可能だ。でもそのあとでミナさんが夕方に変更してほしいと言ったのは、夜勤明けで眠たかったからでしょ？　睡眠をとってから行きたいと思い直したんじゃないかなって」

警備員のおっちゃん曰く、勤務中に仮眠はとれるが三時間ほどだそうだ。万全の態勢でアルコールを摂取するには、絶対に家での睡眠が必要だ、と。

「土曜日に会った時、今日は休日出勤だったんですかって俺がミナさんに聞いたら、正確にはそうではないけど、仕事はしてたって言い方をしていましたよね？　それは金曜日からの夜勤だから、金曜日の出勤扱いになるからかな、って」

だから休日出勤かどうかを聞かれた時、中途半端な言い方になってしまったのだろう。

「その日の朝から昼までの半日出勤なら、普通に休日出勤って言うだろうし。っていうかそもそも二十四時間体制の仕事なら、休日出勤という概念自体が希薄なんじゃないかな、って」

「……」

ミナさんは少し考えたあとで、口を開いた。

「それなら、わたしが夜のお仕事に就いている可能性もありますよね？」

「なるほど、水商売って意味ですか？　それなら多分違うと思います」

ミナさんの言葉に、俺は即答した。

「リトパ勝負した時、コントローラーを握るミナさんの手を見たんですけど、ネイルが塗られてなくて、爪も短かったから。だから、そういうお仕事はされてないかな、って」

「……女性が夜勤をしている仕事はたくさんあると思いますよ？　昨今は男女の多様性が進んでますからね」

確かにミナさんの言う通りだ。最近は警備員でも女性が夜勤をするとも聞いていたし、俺の知らない業種で、夜間に女性が活躍している可能性は十分にあり得る。

けどこの反応は、夜勤のことだけに関して言えば、ミナさんは認めたと捉えてもよさそうだ。

「居酒屋でガングナーの話題で盛り上がった時、俺、腕まくりしましたよね？」

突拍子もない話の切り替えに、ミナさんはついてこられていない。構わず続けた。

「あの時ミナさん、俺の腕の血管を凝視してませんでした？」

「……そ、それは、男性の浮き出た血管にドキドキするからで……！」

「どうしてそんなにムキになってるんですか？」

ぐっ、と奥歯を噛み締めるように、ミナさんは黙り込む。

「その時のミナさん、俺が見た感じでは、なんかそんなにドキドキっていうか、興味を惹かれてるようには見えなかったんですよね」

「……」

「一種の職業病みたいなものなのかな、って。血管をちゃんと見ないといけない……そうだなぁ、たとえば……そう、注射を打たないといけないお仕事、とか？」

ミナさんは俺から視線を逸らす。さて、そろそろ答え合わせの時間だ。俺は軽く息を吸い込み、吐き出す。

「夜勤があって、ネイルができない職種。そして、注射を打つお仕事。俺が思いつく限りでは……」

俺はわざと、めちゃくちゃ勿体ぶりながら言った。

「……あなたの職業は、看護師さんですね？」

目を見開いてこちらを凝視するミナさん。やがてゆっくりと口を開いた。

「言い直しはなしですよ？　本当に看護師でいいんですか？」

ミナさんはちょっと悔しそうに睨んでくる。そんな表情すら、俺は可愛いと思った。

「わたしは男性の浮き出た血管、素敵だと思ってますよ？　ネイルはわたしの趣味じゃないだけです。それに、夜勤の仕事なんてたくさんあるじゃないですか。それだけの理由で、わたしの職業が看護師だって決めつけちゃってもいいんですか？」

もしこの推理がハズレで、俺がミナさんの職業を言い当てられなかったとしたら。俺たちの関係はどうなってしまうのだろう。俺たちはもう二度と会うことはなく、それっきりになるのだろうか。

今はミナさんとこうして、同じ時間を共有していたい。これから俺たちの関係がどうなっていくのかはわからないけれど、その時の俺は、確かにそう思った。

俺は最後の切り札を出すことにした。

「俺たちが初めて会って、カフェでお茶した時」

横に座るミナさんの方を見やりながら、俺は続けた。

「俺がこう言ったの、憶えてます？」

「……何ですか？」

「落ち着いてますねって」

「……」

ミナさんは目を伏せる。まるでそれは、降参の意を表したようだった。

「ちょっと前に、職業別のあるあるネタを紹介するバラエティ番組を観たことがあって」

「……」

「看護師さんのあるあるネタで、忙しくない勤務の最中に、『今日は落ち着いてますね』って言葉を言っちゃいけない、って紹介されていたんです。それを言っちゃうと、途端にバタバタと忙しくなってしまうからって。まあ、一種のジンクスみたいなものなんでしょうね」

ミナさんは自分の手元に目を落としたままだ。

「普通の人なら、なんか笑えるネタみたいに聞こえるんでしょうけど、看護師さんからしたら結構ガチで禁句らしいですね。人の命を預かるお仕事ですし、そういうピリピリした緊張感みたいなものがあるんでしょうか」

「……」

「俺がミナさんに、落ち着いてますねって言ったのは、口数が少なすぎて何考えてるかわかんない人ですね、もうちょっと何か喋ってくれって意味だったんですけど」

「……言いますね」

ははっ、と、俺は笑った。

「でもその言葉を聞いたミナさんは、驚きというか、意表を突かれたような表情になっていました。それは、看護師さんだからこそ、その言葉を勘違いしてしまったんじゃないかなと思ったんです」

秋特有の、ちょっと冷たい風が広場を通り抜ける。俺は少しだけ身震いしながら、こう締めくくった。

「以上の理由から、俺はミナさんが看護師さんだと判断しました」

もちろん、明確な証拠があるわけではない。この披露した推理が全て俺の勘違いである可能性は大いにあり得る。でも、これはあくまでゲームみたいなものだ。動かぬ証拠をミナさんに突き付ける必要はないのだ。

けれど……この少ない時間の中で、よくもまあここまで思いついたものだと、自分で感心してはいる。

やがてミナさんは、観念したように小さく息を吐いた。

「……シンジさんの言う通り、わたしの職業は看護師です」

「よし！　当たりですね！」

子どものように無邪気に嬉しがる俺を見て、ミナさんは可笑しそうにしている。

「シンジさんは……わたしのことが、そんなに知りたいんですか？」

ミナさんは俺を見上げながら、そう聞いてくる。お互いにベンチに座ってはいたけれど、それでも座高の違いで視線に高低差があった。

「前も言いましたけど、わたしはつまらない女ですよ？　シンジさんのような、素敵な男性の相手をできるような、そんな女じゃ……」

「俺はあなたのことが、すごく……気になっています」

照れ臭くなりながらも、そう言い切った。女性にこんなことを言うのは初めてだ。

ミナさんは俺の言葉を複雑な表情で聞いている。

「ミナさんはどうなんです？　その言葉通り、俺とミナさんは相応しくないと感じているなら、どうしてこうも俺の誘いに乗ってくれるんですか？　それはミナさんが俺のことを……少なくとも、気にはかけてくれているからなんじゃないですか？」

「……」

「それともやっぱり、ミナさんは勧誘とか、ビジネスで俺を騙そうと……」

「そ、それは……違うって言ったじゃないですか」

「なら……」

「わたしも……シンジさんのことが気になっています！」

頬を赤らめ、ミナさんは言った。

「でも……わたしが、シンジさんのことを騙しているのも、事実です」

あらためてミナさん自身から「騙している」と聞かされると、さすがにショックが大きい。けれど、俺はもう覚悟を決めていた。

「さっきも言ったでしょ？　俺が、本当のミナさんがどんな人なのかを暴いてあげますよ」

「……」

「ミナさんの職業、年齢、出身地、全部」

「……」

「時間はかかるかもしれませんけど、ミナさんという女性のことを見破ってみせます」

　ミナさんの俺に対するわずかな好意と、それと相反する別の理由、感情。その何かが、ミナさんが自らの正体を隠す動機となっているのかもしれない。

　アホみたいな話だよな。なかなか自分のことを話してくれないから、じゃあ少しずつ正体を暴いてやる、だなんて。俺はただ、普通の出会いが欲しかっただけなのに。

　小さく苦笑いをした。

「それと、俺が言ったことが正解なら、ミナさんも当たってるかどうかは正直に教えてくださいね。今回みたいに」

　この出会いがどのような結末を生むのか、今はまだわからない。けど……俺はもう、ミナさんのことが気になって仕方がない。

「……わかりました」

　呆れたような、安心したような。その複雑な表情に見え隠れするわずかな影。俺はその影を見逃さなかった。

でも今は、せっかく女の子と一緒にいるのだから、思う存分楽しみたい。

「さて、どうしますか？　今日は」

俺は立ち上がり、ミナさんに向き合って聞いてみる。

「もしよかったら、本屋に付き合ってくれますか？　欲しかった漫画の新刊が出たんです」

遠慮がちにそう言いながらも、少し楽しそうなミナさん。自分の好きなことを話すミナさんは、やっぱりめちゃくちゃ魅力的だった。俺はにっこり頷くと、ミナさんと並んで新宿駅西口の方へと足を向けた。

第二章　君の年齢を言い当てよう

「あ、紅蓮隊長だ」

ビルの全面に大きく貼り出された紅蓮隊長を見やりながら、三島はぼそりと呟いた。

俺はミナさんのことを思い出し、三島に隠れて微笑を浮かべた。

十月ももうそろそろ終わりを迎えようとしている。九月まで半袖だった制服は長袖への衣替えをとうに済ませており、冬服をクローゼットの奥底から引っ張り出さなければならない季節を迎えようとしていた。

今日は欠員の応援という形で、秋葉原の事業所に出勤していた。四トントラックの助手席を他所での応援勤務を嫌がる三島に手を合わせてお願いして、アニメキャラがそこかしこに躍動する秋葉原の車道を走っていた。

近年は外国人観光客向けの店が増えて、オタク文化が形骸化したと噂の秋葉原だが、俺から言わせれば今も昔もオタクの聖地に変わりはない。街中を見回すだけで、もうウキウキしてくる。

「はぁーーーーあぁーーー」

これみよがしにため息をつく三島。なんで後輩にこんな態度をとられなければならないんだ。確かに一緒に応援勤務に行ってくれと頼んだのはこちらだけど、仕事なんだから仕方ないだろ……と思いつつも、実際には口に出せない。

「俺を応援勤務に引っ張り出したんですから、なんか面白い話聞かせてくださいよ」

全く遠慮のない三島。応援勤務の場合、退勤時間が大幅に遅くなってしまうのが嫌なのだそうだ。

仕方なく俺は口を開いた。

「そういえば、俺……」

「……なんすか」

「三島のやってたマッチングアプリ、始めたんだよ」

「えええええぇぇっ！　マジすか！」

まさかここまで驚かれるとは思ってなくて、こちらが三島の大声にびっくりしてしまう。

「いやぁー、滝川さんも男なんすねぇ。なんか嬉しいっすよ、俺は」

どういう意味だよ。ちょっとカチンとくる。

「……まあでも、もう退会しちゃって」

「あああぁぁーーーっ。マジすかぁ」

心底残念そうな三島のリアクション。今度はなんか申し訳なくなってしまって、慌てて俺は言った。

「でも、女の子には一人会ったよ。その子と一緒に退会した」

「えええぇぇ⁉　嘘でしょ⁉」

先ほどとは対照的な反応。テンションの上がり下がりが激しすぎるだろ。身を乗り出しながら、三島は俺を問い詰める。

「それって、もう付き合ってるってことですよね？　うわぁー滝川さん、やりますねぇ。一人目の女の子で、いきなり……。でも滝川さん、背ぇ高いしスタイルもいいから、意外とモテるのかもしれないっすね」

意外は余計なんだよ。意外は。

「や、付き合ってるわけじゃないんだけど」

「……」

間を空けたあとで、三島の質問。

「えっ、じゃあなんですか？　付き合ってもないのに、一緒に退会したんすか？　その女の子と？」

「うん。一回目に会った時に、向こうが目の前で退会したんだよ。だから俺も退会しなきゃなんないのかな、って」

「何回会ってるんすか？」

「三回」

「じゃあもう、付き合う寸前みたいなもんでしょ？」

「いや、それがそうでもないんだよ。全然自分のこと話してくれないし。職業すら教えてくれなくてさ」

「……」

「プロフィールもテキトーに書いたから、年齢も職業も実際とは違うんだとさ」

「……」

「……何か言ってくれよ」

「滝川さん、大変申し上げにくいんすけど」

わざとらしく溜めを作って、三島は言った。

「その子、地雷っすよ」

「……」

まあ、そうだよな。普通だったら絶対そう思うよな。正常な感覚を持ち合わせた男なら、こんな女の子は早々に切って別の子を狙うだろう。

でも俺は、これからもミナさんに会おうとしている。性懲りもなく、だ。俺にはあの人が、何か事情があって俺に固執しているようにしか思えなかった。

例えば、俺の見た目がミナさんが昔別れた恋人に瓜二つだとか。その人とトラウマレベルの別れ方をしてしまったミナさん。二度と恋なんてしないと決めたけど、俺との出会いで次第に心を開いていって……みたいな。俺ってば、ドラマの観過ぎ？

俺は三島に、今までのミナさんとのことをかいつまんで説明した。うーん、と唸りながら、三島は納得できない様子。当然の反応だ。

「まあ、ネットで出会った相手に警戒心抱くのは悪いことじゃないすけどねぇ。でもそれなら、なんでその子は初日でアプリを退会したんですかね？」

「うーん」

「出会った男と付き合い始めて、そこでやっと退会するもんですよ、普通は。女側は会費無料だから、そんなに慌てて退会することないのにね」

「え!?　女の子は無料なの？」

「そうですよ。男だけの会員料で運営してるんです、シェリールは。不公平っすよねー」

　この男女平等の時代に、そんな料金制度を導入しているとは……まあ、まだまだ現代日本においては男性の方が平均収入は高いだろうから、仕方ないとも言えるのだろうか。それに、こういう界隈は結局、女性の売り手市場だもんなぁ。悲しいかな、俺みたいなモテない男が金銭を出して、女性との出会いを求めるのが当たり前になっているのかもしれない。

「にしても、なんでそんだけ滝川さんに惚れ込んでるのに、自分のことは話そうとしないんでしょうね」

「……惚れ込んでるっていうのはよくわかんないけど……。もしかしてマッチングアプリ内でさ、相手の正体当てゲームみたいなのが流行ってんの？　わたしのプロフィールを当ててみてください！　みたいな」

俺の言葉に、三島がけらけらと笑った。

「そんなのマジであったら、すっげぇ面白そうすけどね」

全然面白くねぇよ……。俺は胸中だけで、大きなため息をついた。

仕事を終えて帰宅。コンビニ弁当をつつきながら、ミナさんへメッセージを送ることにした。ミナさんのプロフ画像は紅蓮隊長。太い眉に燃え盛るような赤髪が特徴的だ。

彼女の職業が看護師であると言い当てたあと、俺はお互い敬語はやめにして、タメ口を使いませんか、と提案してみた。ミナさんは快くオッケーをしてくれたけど、それは俺がタメ口を使ってもいい、ということに対してだけの承諾だった。メッセージ内でも、ミナさんは相変わらず俺に敬語を使い続けている。

こういうところで、ミナさんの遠慮というか、詰められない距離感みたいなものを感じる。このミナさんとの距離を、俺はこれから埋めることができるのだろうか。

ミナさんの本当の年齢はわからないけれど、俺より年下で、だからタメ口を使うことに抵抗があるのかも。ってか、相手の年齢もわからないのにタメ口を使おうとしている俺の方がおかしいのかな?

　いやいや。そもそも、年齢を教えてくれないミナさんの方に問題があるのだ。デタラメな年齢をアプリのプロフィールに記入して、俺を惑わそうとするミナさん……。

　ミナさんのプロフィール表記の年齢は二十五歳。俺の二つ下だ。しかし、おそらくそれもデタラメだ。

「年齢、かぁ」

　俺はミナさんの職業を言い当てることに成功した。でもそれは、偶然の産物とも言える。これからは今まで以上に、ミナさんとの会話、その他の彼女の情報に対して敏感に察知していかなければならないだろう。

　今はいくら考えても答えは出ないだろうし、俺は考えるのをやめて寝床に入った。

＊

　天気の良い日曜日。俺とミナさんは、池袋のリゾート風レストランの個室のソファ席で食事を楽しんでいた。

　ネットや雑誌で雰囲気の良い店を探して予約を入れることにもだいぶ慣れてきた。これまで俺には縁のなかったようなおしゃれな店だけど、こうしていると俺もリア充っぷりが板についてきたようで嬉しくなる。

ミナさんは濃紺の薄手のニット。俺はタメ口で、ミナさんは相変わらず敬語。最初は違和感しかなかったけど、慣れてみればどうということはない。突っ込みすぎた質問を避けながら、俺はミナさんのことを色々聞いてみた。

地元の高校を卒業したあと、すぐに看護学校に入学。両親からの経済的な援助はなかったようで、学費が一番安い三年制の専門学校を卒業。卒業後すぐに上京して、現場で仕事に従事しているとのことだった。

「看護師歴は、今年で何年目になるの？」

さりげなく聞いてみた。

「え……まあ、まだまだ新米ですよ」

ミナさんは答えを濁す。看護師歴がわかればそこから逆算して年齢がわかるかもという俺の目論みは、あえなく撃沈。うーむ、なかなかガードが固い。

まあでも、俺が職種を言い当てることができたから、仕事のことに関しては色々と喋ってくれるようにはなった。それだけでも大きな前進だと言える。そこから色々探りを入れてみるか。趣味のこと以外で会話が弾むのは、やっぱり嬉しい。

「そういえば、ミナさんはいつからオタクになったの？」

なんか変な質問になってしまったけど、意に介した様子はなかった。サラダを小皿に取り分けながら答えるミナさん。

「そうですねぇ。小学校低学年くらいかな。従姉のお姉ちゃんの部屋で、よく少女漫画を読ませてもらってたんです。そこでワタオモに出会って。わたし、家があまり裕福ではなかったので、お小遣いもすごく少なくて」

「そうなんだ。ウチもだよ。欲しい物ねだっても全然買ってくれなかったなぁ。昔、マジクリカード流行ったでしょ？」

「男の子は放課後にそればっかりやってましたよね」

そう言って、ミナさんは少し笑った。

「周りのみんなはスターターデッキとか買ってもらってたのに、俺は買ってもらえなくて。十枚入りのパックをちまちま小遣いで買いながら……」

自分で言ってから、胸にちくりと痛みが走る。

「どうしたんですか？」

いきなり話を止めた俺に、心配そうにミナさんが声を掛けてくれる。

「……や、別に」

カード欲しさに犯罪行為に走ってしまったこと。当時の気持ちは未だに鮮明に憶えている。

「高校あがってすぐ、ずっとバイト漬けの毎日だったなぁ。欲しい漫画とかゲームとか買うためにめちゃくちゃ働いてた」

もう二度とあんな思いをしないように、俺は躍起になってカネを稼ぐことに専念するようになった。周りの友達が部活動に精を出す中、俺は狂ったようにバイトばかりしてたよな。

「わたしの家もそんな感じでした。母親は看護師として働いていたんですけど、父親が、人に自慢できるような人じゃなくて……」

二人きりの個室に、重い沈黙が落ちる。

「……それじゃ、ミナさんはお母さんに憧れて看護師さんになったのかな?」

暗い雰囲気を振り払うように、俺は言った。けど、ミナさんは困った顔をしながら笑っていた。

「まあ、そんなところですね」

「……」

「あ、でも」

そこで彼女の表情が、ぱっと明るくなる。

「わたしが夏生まれだったので、それにちなんだ名前をつけてくれたのは父なんです」

「そうなんだね」

ということは、アプリ内の「ミナ」という名前は苗字からとったものなのだろうか。

それか……ミナ、という言葉から夏を連想することができるのかもしれない。

「それに、わたしの入学祝いで、当時新発売だったエピックギア・ポータブル3のスケルトンカラーを買ってもらったことがあったんです。後にも先にも、それが父親からもらった唯一のプレゼントですね」

「ああ、あれカッコいいよねー」

そうそう。エピックギア・ポータブル3のスケルトンカラーが発売されたのは、確か俺が高校に入学した四月だったっけ。

「わたし、本当はピンクが欲しかったんですけど、父親がこっちがいいって選んでくれて」

「やっぱりスケルトンは男心をくすぐるからね。中の基盤が透けて見えるのがカッコいいいんだよなぁ」

「そうですかぁ？　男の人の感覚って、よくわかんない時がありますよね」

そう言って、ミナさんはクスクスと笑った。その上品な笑みがまた、めちゃくちゃ可愛い。

「このあと、どうしますか？」

お互いデザートを食べ終えそうな頃合い。ミナさんの方から提案してくれたのが嬉しくて、俺の声は弾んだ。

「そうだなぁ、アニメショップ行ってみない？　ミナさんは行き飽きてるかもだけど」

池袋駅から北東に進んだところに、オタク御用達のアニメグッズショップの総本山がある。なんか結局こういう提案しかできないあたり、相変わらず女性との付き合いに不慣れだよなぁ。もっとこう、オシャレなところに連れていけたらいいんだけど。

「飽きることなんてないですよ！　行きましょう！」

ミナさんとだと、こういった肩肘張らないやりとりができることがすごく嬉しかった。


日曜日のサンシャイン60通りの人混みはすごかった。もし俺たちが付き合っていたらこういう時に手を繋げるのになぁとか邪念に囚われつつ……目的地へと向かう。

「シ、シンジさーん……」

その道中、ミナさんが俺に声を掛けてくる。

「……あれ？」

ミナさんが見当たらない。人混みに紛れてしまったようだ。どこだどこだとキョロキョロと辺りを見回すが、見つからない。

「ミナさーん！」

ちょっと恥ずかしかったけど、やむを得ない。俺は声を張り上げて呼んでみた。ひょっこりと挙げられた右腕。

俺はミナさんに近寄り、その腕をとった。そのまま人混みをかき分け、細い路地裏まで出た。

「突然消えないでよ。びっくりしちゃったじゃん」

冗談めかして言ったけど、ミナさんはめちゃくちゃ申し訳なさそうだった。

「す、すみません。わたしの方からはシンジさんが見えてたんですけど」

はっと我に返り、俺はミナさんの腕を摑んだ手を見やる。

「あ、つい摑んじゃってたね。ごめんごめん」

慌てて離すと、ミナさんは気まずそうに腕を引っ込めた。頰はわずかに赤く染まり、その顔を隠すように伏せる。なんだかこっちまで恥ずかしくなってくる。

「すみません。わたしが不注意だったばっかりに……」

「そんなに気にしないで。もっと俺に対して、こう……あんまり気ぃ使わなくていいよ」

そう言っても、ミナさんは困ったように、ははは……と笑うだけだった。

「もっとガツガツ来てくれていいのになぁ。ほら、看護師さんなんでしょ？　メンタル強くないと務まらないんじゃないの？」

「わたしは、そんな……まあ、確かにハードなお仕事ですけど。シンジさんを前にしちゃうと、どうしても動揺しちゃって……」

そう言ってからミナさんは、はっと目を見開き、気まずそうに俺から視線を逸らす。照れているのだろうか。もしそうだったら、めっちゃ嬉しいんだけどなぁ。

「少し行ったところにジューススタンドのお店があるから、そこで一息つこうか」

「そ、そうですね！　そうしましょう！」

俺とミナさんは、はぐれないように注意しながらサンシャイン60通りを進んだ。

以前見つけたジューススタンドに到着。俺はバナナジュースを、ミナさんはいちごジュースをそれぞれ注文した。

「あ、紙ストローだ」

「ほんとですねぇー」

ミナさんのその返事で、俺たちは同じ意見を共有していることを悟る。紙ストローって、飲み物を不味くするよな。

俺はプラスチックカップの蓋を開けて、豪快にバナナジュースを喉に流し込む。カップから流れ込んだジュースが口からはみ出し、頬をつたう。

「ぶはぁーっ」

わざとらしく口を腕で拭う仕草をしてみた。俺のその仕草に、ミナさんがころころと笑っている。

　俺はふと視界に入ったものに興味を惹き付けられた。

「……あ、『ギャラクシー・ナイト』だ」

　道路を挟んだ向かい側。全国規模で展開する大型の映画館が目に入る。ギャラクシー・ナイトは宇宙戦争を描いたハリウッド制作のSF映画シリーズだ。今日からスピンオフ作品が公開だったっけ。今度観に行かなきゃな。

「ギャラクシー・ナイトって、もう完結したんじゃなかったんでしたっけ？」

「今やってるのはスピンオフだね。主人公の相棒キャラの過去を描いた作品」

「へぇー、そうなんですね」

「人気のあるシリーズはいくらでも続編やスピンオフが出るでしょ？　ほら、紅蓮隊長のスピンオフ映画もあったし」

「確かに。紅蓮甲須賀ノ助善友は大人気ですからね」

　作中で死してなお人気の衰えない紅蓮隊長は、主人公を食ってしまうほどの人気を誇っている。俺が高校生の時から、ずっとだ。

「シンジさんはギャラクシー・ナイト、お好きなんですね」

「うん、全作観てるよ」

「わたしも一つだけ、ギャラクシー・ナイトを観たことがありますよ」

「そうなんだ。どのエピソード？」

「それはちょっと憶えてないんですけど……友達と一緒に放課後、制服姿のまま映画館に観に行ったんです」

「どの作品かなぁ。ストーリーは憶えてない？」

「あ、思い出しました！　ムンディっていうキャラが可愛かったって、みんなで帰り道に話したんですよ。口をパクパクさせて、ひょこひょこ歩いてる姿が可愛いって」

「ああ、はいはい。パペットムンディだね。ならエピソード2だ」

「それ以降のシリーズは全然観てないんですけど、ムンディがCGになってましたよね？　あの時の、お人形さんのムンディが可愛かったのになぁ」

　主人公の騎士に付き添うマスコットキャラクター、ムンディ。五十センチメートルにも満たない小柄な体軀で、緑色のカエルのような異星人だ。こういった人間ではない宇宙人然とした生物がたくさん登場するのも、ギャラクシー・ナイトの魅力だ。

　初登場時は、技術的な理由から全編パペット人形で演じられたムンディだが、CG技術が進んだことにより、次作品からは完全CGとなった。故に、初登場時のパペット人形のムンディをパペットムンディ、CGのムンディはCGムンディと、ファンの間で言い分けられているのだ。

　唯一パペットムンディが出演したのが、初登場のエピソード2。俺も公開当時、一人で映画館に観に行ったのを憶えている。確か高二の時だったな。公開はちょうど今の季節、秋だった。

「確かに女性ファンからは、パペットムンディの方が人気があるね」

「CGのムンディを予告で観たことがあるんですけど、なんかそんなに可愛いと思えなくて」

CGで表現されたことにより、今まで以上に躍動感を増したキャラクターの動きができるようになったけど……まあ確かに、人形の方が温かみのある質感が出ていたかもしれない。

「せっかくだし、観に行きません？　ギャラクシー・ナイト」

「え？」

「アニメショップは映画のあとでも行けますし。こういう機会がないとわたし、ギャラクシー・ナイトを観ることがないと思うんです」

「あー、わかる。俺も一人じゃ絶対観ないような映画も、友達と一緒なら観るってパターンよくあるし。そういうので自分の趣味や見識も広がっていくんだよね」

「そう！　それです！」

ミナさんがにっこりと笑う。

ミナさんがジュースを飲み干すのを待ってから、俺たちは映画館へと向かった。

映画の内容は、思った以上にハードボイルドに寄ったものだった。ミナさんは楽しんでくれているだろうかと心配していたが、それは杞憂に終わった。

「あのビームピストルの早撃ちのシーンは燃えましたね！」

と、興奮気味に語るミナさん。楽しんでくれてなによりだ。まあ、大昔の作画の初代ガングナーを全編飽きずに観られる猛者なのだから、これくらいは余裕で許容範囲なのだろう。この人、オタクとしてなかなかのポテンシャルを秘めてるよな。

俺が物思いにふけっていると、ミナさんが顔を覗き込んできた。

「……どうしたんです？」

「そうやって色んなジャンルを先入観抜きで楽しめるのは、素晴らしいなーって」

「いやー、それほどでも」

頭をぽりぽりと搔くミナさん。

「……これからも、色々面白い作品を教えてくれますか？」

少し頰を赤らめながら、遠慮気味に聞いてくる。柔らかな笑みを浮かべたミナさんは、それだけで魅力的だった。

「もちろん」

俺は迷わず、そう返答した。

「……これからどうしますか？」

少しの照れを隠すように、ミナさんは話を切り替えた。時刻は午後四時過ぎ。

「アニメショップに行くんじゃなかったっけ？」

「あ、そうでしたね！　ふふっ」

アニメショップはここから歩いて五分とかからない。ちょっと寄り道しちゃったけど、一端《いっぱし》のオタクとしては行かない選択肢はないよな。

ふと、過去のことを思い出す。俺は学生時代、地元京都のアニメショップでアルバイトをしていた。自分の好きなものに囲まれながらの労働は最高だったけど、良いことばかりでもなかった。

そりゃ働いていたら嫌なこととか辛いことがあるのは当たり前だけど……あの一件は、俺が地元を離れるきっかけにもなったことだから、できればあまり思い出したくはない。

まあでも、今こうして東京で楽しく暮らせているのだから、万事オッケーだけどな。こんな素敵な女の子にも出会えたわけだし。

「行きましょう！」

張り切るミナさんを追うように、池袋の舗装された道を歩いた。

「あー……落ち着くー」

アニメショップの店内で、俺は思わず声を漏らす。アニメグッズに囲まれながら、俺とミナさんはウッキウキで店内を練り歩いていた。

若い男女から中年以上の年長者まで、様々な年齢層の客が、アニメソングが響き渡る店内でお目当てのグッズや書籍、漫画を物色していた。

あー、いいよなこの感じ。全員が赤の他人なんだけど、同じ趣味を共有している者がこうして一つの場所に集まる。このちょっとした熱気を感じられるこの場所が、俺はたまらなく好きだ。

「あ、見てください！　渦巻雷太ですよ！　カッコいい！」

ガラス張りのショーケースの中に、豪火の剣の主人公、渦巻雷太の１／７スケールフィギュアが飾ってあった。そのお値段、税込で二万二千円なり。関心のない人なら高く感じてしまうだろうが、そのフィギュアはコストに違わぬクオリティを誇っている。力強い表情や黄色を基調とした和装のしわ、刀に浮き出る刃文までもが忠実に再現されているのだ。渦巻雷太の能力エフェクトも完全再現。太刀筋から青白い雷光がほとばしり、めちゃくちゃカッコよく仕上がっている。

「……紅蓮甲須賀ノ助善友のフィギュアもありますね」

紅蓮隊長のフィギュアの前で足を止めたミナさん。その横では、兄弟と思われる二人の子どもが、「紅蓮隊長！　紅蓮隊長だ！」と、はしゃいでいる。微笑ましすぎて、俺は思わず口角が上がってしまう。

俺も紅蓮隊長のフィギュアのそばまで行って観察してみる。そのお値段、なんと六万五千円。主人公より断然高い。刀から繰り出される火のエフェクトのクオリティが尋常ではなく、細かく塗り分けられた彩色で、躍動するように表現されている。

紅蓮隊長のフィギュア、か。このフィギュアは十年前に作られたものだけど、今でもそのクオリティは目を見張るものがある。今はもう製造されていないから、プレミアもついて値段が跳ね上がっているのだろう。

このフィギュアは、とあるくじの景品として世に出たもので、その当時の最高峰のクオリティを誇っていた。そう、巷《ちまた》で争奪戦が繰り広げられるほどに。このフィギュアをめぐって色々あったよな。ホントに、色々……。

その紅蓮隊長のフィギュアを見やるミナさんの表情は、俺のいる位置からは見えなかった。今の自分の表情がミナさんから見られないことに、俺は少し安堵していた。

ふと俺は、レジの方を見やる。店員の背後にデカデカと貼り付けられたポスター。そこには、こう書かれていた。

「『ミラクルくじ』、か……」

「えっ？」

俺の独り言に、ミナさんが反応する。

「ああ、ほら、ミラクルくじ、やってるなぁ、って」

俺の視線を追うように、ミナさんもレジの方を見やる。

「……ホントですね。あ、今回はウェンディ姫生誕二十五周年記念くじですね！　わたし、引いてみようかな」

ミラクルくじとは、何が当たるかわからない、くじ引き方式のグッズ販売のことだ。一回引くのに九百円という、くじ引きと呼ぶにはまあまあな値段なのだが、どの賞が当たってもそれなりのクオリティのグッズが手に入るというもの。

一箱に百枚のくじが入っており、A賞からE賞まである。最低ランクがE賞で、当然一番枚数が多い。A賞は一箱に一枚しか入っていないが、その最高賞のグッズのクオリティが毎回目を見張るほどに高いことで有名なのだ。

「よし！　わたし、引いてみます！」

ウッキウキで財布を取り出すミナさんを見て、俺は思わず笑ってしまった。

「……な、なんですか？」

「いや……か、可愛いなぁって」

思わず本音が漏れてしまった。ミナさんは頬を赤らめて、俯いてしまう。

「……子ども扱いしないでください。わたしこう見えて、ウェンディよりもおねえさんなんですよ？」

「子どもっぽいとか……そ、そういう意味で言ったんじゃないよ」

俺のその言葉に、ミナさんは我慢できなくなったようにレジへとダッシュで行ってしまった。俺も猛烈に照れ臭くなって、頭をぽりぽりと掻いた。

レジには行列ができていて、ミナさんはその最後尾についた。追いついた俺も、ミナさんの後ろに立つ。

「シンジさんも引くんですか？」

「ミラクルくじは一人一回でしょ？　ミナさん、よかったら俺が引いたのをプレゼントするよ」

「……」

熟考した後、ミナさんは力強く言った。

「助かります。お願いします」

ミラクルくじは一人につき一回しか引けない。十年前に全国各地で起こった騒動により、公式様から規則が施行されることとなったのだ。当時地元のアニメショップでアルバイトをしていた俺も、騒動を間近で目撃したことがある。

「転売ヤー」。転売屋とバイヤーを組み合わせたその言葉は、今となっては多くの人が知っている。十年前のミラクルくじ『豪火の剣・紅蓮隊長の軌跡』が発売になった時に大きく話題となった。

　当時人気絶頂だった紅蓮隊長がミラクルくじになったとあって、全国のファンは大いに盛り上がった。発売初日、アニメショップの店員だった俺は、長蛇の列を捌《さば》かなければならないことを覚悟し、憂いた。まあ仕事なんだから仕方ないんだけど。

　だが、俺の予想は半分的中し、半分外れた。先頭の客が、なんと一箱に百枚あるミラクルくじを全て買い占めてしまったのである。当時は一人一回のルールもなかったため、一箱百枚分、九万円の代金さえ支払えば、用意されたグッズ全てを購入できたのである。もちろん、一つしかないA賞、紅蓮隊長の1／7フィギュアも、必然的にその買い占めた客のものになる。

　九万円を支払ったおっさんに、百個の商品をせっせと渡す俺。その後ろでは、紅蓮隊長目当ての大勢の客が不服そうな表情で見つめていた。そりゃそうだよな。もし俺が客なら、同じ顔をしていただろう。

　全国各地で同様の買い占めが起こっていた。そしてその多くの商品が、ネットのフリーマーケットに出品されていたのだ。もちろん、定価よりも割高の値段設定で。

　転売ヤーの狙いは、人気商品を買い占め、ネットのフリマサイトに出品することで、定価よりも割高にした分の利益を得ること。たとえそれが理不尽な値段に跳ね上がろうとも、百分の一の確率でしか手に入れられなかったはずのフィギュアを確実に手に入れることができる……転売されたその商品を購入したがる人は多かった。

以前にもオタク界隈では細々とこういったことがあったらしいが、このことがきっかけとなり、転売ヤーの悪質さが世間に露呈することとなる。

「もし転売ヤーという存在がなければ、こうして俺が並ぶ必要もなかったんだろうけどね。ミナさんは思う存分くじを引けて、ウェンディ姫のグッズをたくさんゲットできたはずなのに」

俺がそう言うと、ミナさんはこちらに振り返る。

「シンジさんのおかげで二回引けるだけで、わたしは十分ですよ」

そう言ってミナさんはにっこりと笑った。

「でも、転売ヤーが許せないのは、わたしも同じです！」

口をへの字に曲げて、目を細めるミナさん。そうだよな。転売ヤーは俺たち、オタクの敵なのだ。

商品が正規の流通ルートを通り、正規の販売店で売られる。それはオアシスにある水を、水道を通して干からびた砂漠に届けることと同義だ。しかし転売ヤーがやっていることは、その水道を堰き止め、自分たちの利益のために高い値段で水を売りつけているだけにすぎない。

俺がチーター運輸で働こうと思ったのも、そうした正規の流通に関わりたかったという思いがあったからでもある。

でもその動機の根底には、俺の過去の記憶がある。万引きをして不正な形でフレアドラゴンを手に入れてしまったという負い目。大袈裟な言い方にはなるけど、俺は少しでも罪滅ぼしがしたかった。その流通の歯車の一部になれればと……。

俺が転売ヤーのことをとやかく言う資格なんてないのかもしれないな。子どもの頃の過ちとはいえ、俺は万引きという犯罪行為を……。

「シンジさん？」

「……ん？　ああ」

ミナさんに声を掛けられ、俺は我に返る。

「もうすぐ順番ですよ。準備してください」

「準備って、なにを？」

「もちろん、よりレアな賞を引き当てる準備ですよ！　心の中で祈るんです！」

ミナさんは目を瞑り、両手を胸の前で組んだ。一体何の神に祈っているのだろうか。

俺はおかしくなって、つい笑ってしまった。

ミナさんの順番が回ってくる。レジの店員にミラクルくじをお願いします、と申告。

店員がレジ下から取り出した箱に、ミナさんは手を突っ込んだ。

「……」

瞬間、俺は言いようのない既視感に囚われた。まただ。前にもこんなことがあった。あの時よりも、さらに強い既視感。なんだこれ……。ミラクルくじの箱。そこに手を入れるミナさん。一体どうして……。

……十年前。ミラクルくじをめぐって俺は、とある事情に巻き込まれたことがあったっけ。それがきっかけで、俺は……。

「あぁーっ」

ミナさんの落胆の声で、俺は現実に戻される。どうやら望んだものは当たらなかったらしい。

「E賞ですね。はい、どうぞー」

店員からハンドタオルを手渡されるミナさん。その表情は残念そうだけど……。

「あっ、でも可愛いーっ」

グッズを手渡されたミナさんは、すぐににこやかになった。ハンドタオルの出来がなかなかのもののようだった。さすがに九百円の値段は伊達ではない。最低ランクのE賞でも、そのクオリティはそれなりに担保されているのだ。

ミナさんは役目を終えたくじの紙切れを店員に手渡した。これもミラクルくじのルールで、不正をされないように、くじは店側が回収することになっているのだ。

今度は俺の番。箱の中の三角形のくじを一枚引き、点線に沿って丁寧に開けていく。

このくじの開けづらさは十年経った今でも変わらないな。俺は変な感慨に浸ってしまう。まあこれも仕方のないことなのだ。簡単に開けられてしまったら、それこそ取り替えの不正をされる可能性がある。

「あ、C賞だ」

「えぇぇっ⁉」

俺以上に驚きの声を漏らすミナさん。その目は爛々と光っている。俺は店員からステンレスのマグカップを受け取った。ドレス姿のウェンディ姫のシルエットが描かれており、シックで大人っぽいデザインだった。

「はい、ミナさん」

「ほ、ほ……ホントにもらっちゃっていいんですか？」

俺はこくりと頷いた。マグカップを受け取ったミナさんは、バッグから財布を取り出そうとしている。

「いいよ。今度ガングナーのミラクルくじやるみたいだし、その時に俺の分を引いてくれるかな？」

「は、はい！　もちろん！　任せてください！」

ミナさんは力強くそう言ってくれた。こうやって次の約束ができるのって嬉しいよな。それはこの関係が、その時まで続くことを意味しているのだから。

そういうこと、だよな？　俺はミナさんを見やりつつ、胸中だけで問い掛けた。

時刻は午後の六時前。ちょっと早いけど、ご飯を食べようということになった。明日は俺もミナさんも出勤日。無理せず早めに解散することにしたのだった。

アニメショップの近くの居酒屋チェーンで、お互い最初の一杯だけお酒を注文した。程よくアルコールが体に染み渡り、注文した料理をつまんでいく。醬油を垂らした大根おろしをだし巻きに乗せて、口に放り込んだ。会話も順調に弾んで、いい感じだ。

「あ、そういえば今度、ワタオモの作者の新連載が始まるんですよ。楽しみだなぁ」

「へぇ、そうなんだ。俺も読んでみようかな」

「シンジさん、守備範囲が広いですよね。少女漫画を読む男性って、なかなかいないですよ」

「そうなのかな？　でもワタオモはホントに読みやすいよね」

「そうですよね！　ワタオモはもう、本当に、大傑作です！」

ちょっと酔っているミナさんが、身を乗り出しながらワタオモの魅力を語り始めた。

女子の間でファンクラブがあるモテモテ男子、風間くん。全女子生徒が不可侵条約によって彼に手出しができないということになっている。

クラスで目立たない存在だった主人公の千歳は、友人の陽子の手によってイメチェンに成功。風間くんといい感じになりつつあったところで、校内で絶対的な権力を持つ生徒会長の嫉妬を買い、敵対視されてしまうのだ。

「なんか冷静に考えたら、設定が結構はちゃめちゃだよなぁ」

「え、そうですか？」

「たかが一男子生徒にファンクラブが存在したり、不可侵条約があったり。しかも生徒会が教師よりも強い権力持ってるのも、なんでだよって感じ」

「確かに。でもそういうの、学園ものあるあるですよね」

「逆に言えば、ワタオモがその定番を構築したと言っても過言ではないんだろうね」

「なるほど」

ミナさんはそう言って、ふふふ、と笑った。

「周りの友達の力を借りて素敵に変わっていく千歳に、わたしはたくさん勇気をもらったんです。自分もいつか、そうなりたいなって」

「クラスで存在感がなかった千歳が、可愛く変身する姿に？」

「はい、そうです」

ミナさんは大きく頷いた。前に本屋に立ち寄った時、ミナさんはワタオモは自分のバイブルだと語っていた。ミナさん自身に多大な影響を与えた漫画であるワタオモに、何か彼女のことを知るヒントは隠されていないだろうか。

「ワタオモってさ、結構前の作品だよね。今読んでも全く古臭さを感じないけど」

「そうですよね」

「スマホの機種もまあまあ古いヤツだし」

「さすがにガラケーとかではないですけどね」

ミナさんはそう言って、少し笑った。

「ワタオモが完結した時って、ミナさんはおいくつの時だった？」

言ってから、しまったと思った。質問が直接的すぎたか。案の定、ミナさんの表情は固い。

「……」

またか。俺は思った。またこの繰り返しか。仲良くなって、距離が縮まって、俺がミナさんのことを知ろうと思ったら、突き放される。

「ってかそもそも、ミナさんっておいくつなんですか？」

なんかもうどうでもよくなって、俺はそんな言葉を口走っていた。口を閉ざし、俯くミナさん。今まで二人の時間を楽しめていたのに、また振り出しに戻った感覚。恋愛シミュレーションゲームならリセット案件だな。

俯いたままのミナさんに、俺は切り出した。

「なら、一つだけ聞いてもいいかな？」

「な……なんでしょう？」

俺の気迫に押されて、少し戸惑っている。

「看護学校って、制服はあるんですか？」

「……え？」

「看護学校に通ってた時、どういう服装で、毎日登下校してたのかな？」

「……わたしの学校には制服はありませんでしたね。みんな派手過ぎない私服を着ていました。実習の時だけ、白衣に着替えていましたけど」

どうしてそんなことを聞くのか。ミナさんはそう思っているだろうな。でもこの質問、俺にとっては結構大事だったりする。

「そっか。私服で登下校してたんだね」

「……はい」

目の前のだし巻きは、もうすっかり冷め切っていた。

＊

ミナさんとのデートから帰宅した俺は、シャワーを浴びて、そのまま布団に潜り込んだ。布団の中でスマホで動画を観ながら眠気が来るのを待つのが、いつものルーテインとなっている。

今日のミナさんとのデート。全体的には楽しかったし、ミナさんとの距離が縮まったと思ってもいいのかもしれない。ただその一方で、拭いきれない不安が浮き彫りになったとも言えた。

俺がミナさんの年齢に関することを聞くと、ミナさんは何も返答してくれない。いつもそうだ。趣味嗜好、オタク文化に関することなら饒舌になるミナさんだけど、こと自分のことになると……あからさまにテンションが下がるのだ。

彼女自身のことを聞くのは、今はまだ早計すぎるのだろうか。いやいや、本当なら年齢なんてアプリ内のプロフィールを見た時点で知っていなければならないことなのだ。

俺はミナさんの職業を言い当てることに成功した。今度は年齢、か。

ふと思い立ち、俺は検索エンジンに、「ウルトラ・クリス・ファミリーズ」、そしてスペースを空けて「ウェンディ」と入力する。公式サイトに飛び、ウェンディのプロフィールを確認した。ウェンディの性格や好物は書かれているが、どこにも年齢に関する記述はなかった。

念のため色んなサイトを巡回してみたけど、ウェンディ姫に公式の年齢設定は存在しないようだった。俺は知りたかったことが知れたので、それで満足だった。スマホの画面を切ってから部屋の電気を消した。

翌日からも俺はミナさんにメッセージを送り続け、ミナさんもまた、返信をしてくれていた。ミナさんの日勤の仕事終わりにご飯に行きましょうと誘ったら、あっけなく承諾のメッセージが来た。

自分のことは話したがらないのに、俺の誘いには乗ってくれるミナさん。俺は彼女の心の内がよくわからなかった。これから俺とどういった関係になりたいのか。会ってはくれるのに、どうして自身のことを教えてくれないのか。謎は深まるばかりだった。

＊

水曜日の午後七時過ぎ。お互いの仕事終わりに、俺とミナさんは渋谷のパスタ屋に入った。坂の途中にある老舗の店で、店内は若者でいっぱいだ。俺はカルボナーラ、ミナさんはトマトクリームパスタを注文する。

食事をしながら、俺は努めて無難な話題を振った。今放送中のアニメのこととか、連載中の漫画のこととか。前回のデートでちょっと気まずくはなったけど、そこはお互い大人だし、なかったことにしてコミュニケーションをとることくらいはできる。

　パスタを食べ終え、食後のコーヒーとシフォンケーキが運ばれてきたタイミングで、俺は今日話すことに決めていた話題を切り出した。

「そういえばさ、この前俺がミナさんの年齢を聞いても答えてくれなかったよね？」

「……」

「シェリールのプロフィールには、確か二十五歳って記載してたっけ。それも、デタラメの年齢を書いてるんだよね？」

「……そうですね」

「なら、今度はミナさんの年齢を言い当ててみせようか」

　動きを止めるミナさん。その表情は……思いの外余裕があった。

「わたしの職業を当てられたから、自信があるみたいですね」

「まあね」

「あの時は不覚でしたけど、今度はどうでしょうね。わたし、ボロは出してないと思いますけど」

　確かにミナさんの言う通り、今までを振り返ってみても、ミナさんが年齢に関することを俺に知られるような明確な失態は犯していないと思う。

　でも、俺にはわかる。ミナさんの正確な年齢が。

「俺は今年の五月で二十七になったんだけど、ミナさんも俺と同い年の、二十七歳でしょ？」

一瞬だけ目を大きく見開くミナさん。そのあとですぐに冷静さを取り戻し、聞いてくる。

「ただの当てずっぽうですか？　好きなものとか価値観が似ているから、なんとなく自分と同じ世代だと思っただけなんじゃないですか？」

「まあ、それもあるかな。子どもの頃に流行ったものとか、親しんだ漫画とかアニメとかゲームとか。結構似てるしね、俺たち」

俺がそう言うと、ミナさんは呆れたような、安堵したような表情になる。そしてわずかな……落胆？　ミナさんは、自らの正体を俺に暴いてほしがっている？　馬鹿げた考えが脳裏をよぎったけど、俺は気を取り直す。

「エピックギア・ポータブル３のスケルトンカラー」

ミナさんの表情に疑念が浮かぶ。俺はアイスコーヒーを一口飲んで口の中を湿らせてから、言葉を続けた。

「ミナさんは当時新発売だったエピックギア・ポータブル３のスケルトンカラーを、入学祝いにお父さんに買ってもらったって言ってたよね？　俺も高校入学のタイミングで、新発売だったスケルトンカラーを親にねだったからよく憶えてる。つまり、俺とミナさんの高校入学は同じ年なんじゃない？」

ふふふ、とミナさんは上品に笑った。その表情には、まだ余裕がある。

「確かにそう言ったかもしれません。でも、わたしは入学祝いとしか言ってませんでしたっけ？　中学の入学か、看護学校の入学祝いかもしれませんよ？　聡明なシンジさんにしては、少し早計でしたね」

ミナさんの声は少し弾んでいる。楽しんでいるようなら何よりだ。

「うん、確かにその通りだ。なら、こう言い換えることもできるね」

「……」

「俺は今年度の誕生日を既に迎えていて、二十七歳。ミナさんが高校の入学祝いでエピックギア・ポータブル3を買ってもらっていたなら、俺と同い年の二十七歳。中学の入学祝いなら、三歳年下で今は二十四歳。浪人せずに看護学校に入学したって言ってたから、看護学校の入学祝いなら今は三十歳。小学校の入学祝いの可能性は排除させてもらう。そうなったら、ミナさんは今十八歳になっちゃうから。さすがにそこまで幼くはないでしょ？　つまり……」

俺は指を三本立てて、ミナさんに言った。

「ミナさんの年齢は、二十四、二十七、三十。この三択しかあり得ない」

まんまと口車に乗せられた。ミナさんはそう言いたげに、苦虫を噛み潰したような顔になる。

「ちょっと待ってくださいよ。わたしがまだ今年度の誕生日を迎えていない可能性もありますよ？　二十三、二十六、二十九の可能性だって……」

「ミナさんは夏生まれだから、お父さんが夏にちなんだ名前をつけたって言ってたよね？　ならもう誕生日は過ぎてるでしょ」

もう十一月に入っている。その言い分は通らないだろう。俺は立てた三本の指を、ミナさんに、ずい、と見せつける。

観念したように、ミナさんはこくりと頷いた。

「さて、話を先に進めるよ。前にアニメショップに行った時、ウェンディの生誕二十五周年祭のミラクルくじを引いたでしょ？」

「……はい」

今度は何を言い出すんだと、ミナさんは警戒心を強めているようだ。目を細め、俺の言葉に注意深く耳を傾ける。

「その時ミナさんは、『わたしこう見えて、ウェンディよりもおねえさんなんですよ』って言っていた」

「それが何なんです？」

「ウェンディに公式の年齢設定はされていない」

「……そ、そうでしたっけ？」

「公式サイトとか色々ネットで調べたから間違いないよ」

「……」

「ならミナさんの言う『ウェンディよりもおねえさん』というのは一体どういう意味なのか。それは……ウェンディ姫生誕二十五周年のことを指している。それ以外に考えられない」

　ウェンディがウルトラ・クリス・ファミリーズシリーズに初登場してから二十五年。ウェンディ生誕二十五周年とはそういう意味だ。

「さっきの三択、二十四、二十七、三十。その中の、ミナさんが二十四である可能性は排除することができる。ウェンディよりもおねえさん、つまり年上であるならば、二十七か三十しかあり得ない。これで二択になったね」

　ミナさんは否定しようとはしなかった。ただ俺の目を、じっと見つめている。

「確かにウェンディよりもおねえさんだと言ったのは、わたしの失言でしたね。でも……これ以上、わたしがボロを出したとは考えにくいですけど」

「ミナさんはまだ三十代には見えないしなぁ。何より、俺より大人びているとは思えない。だから俺と同い年かもね」

「今更そんな適当な理由で決めつけるんですか？　っていうかわたし、そんなに子どもっぽく見えます?」

ムッとした表情になるミナさん。あ、めっちゃ可愛い。場違いではあるけど、俺は顔を綻ばせた。

「ギャラクシー・ナイトの登場キャラクターのムンディ」

「……なんですか? いきなり」

「ミナさんが唯一観たギャラクシー・ナイトはエピソード2。それを劇場で観たんだよね? パペットムンディが可愛かったって言ってた」

パペットムンディがシリーズ中に唯一登場したのが、エピソード2だ。

「それがどうしたんですか? だから何だっていうんです?」

少しムキになってミナさんが聞いてくる。

「エピソード2が公開されたのが、俺が高二の時の、ちょうど今の季節なんだ」

「それに何の意味が……」

「ミナさんは高校卒業後、現役で看護学校に入学した」

「えっ?」

「ミナさんの通う看護学校に、実習の時以外に制服はなかった。登下校は私服で通っていたんだよね?」

「そうですけど……それが一体何の意味があるんですか?」

「この事実を繋ぎ合わせれば、ミナさんが俺の二歳以上年上であることはあり得ないって言い切ることができる」

「えっ」

　虚を衝かれたように、ミナさんが声を上げる。

「ミナさんがもし俺より二歳以上年上なら、看護学生の時にエピソード2を劇場で観たことになってしまう」

「……」

「でもそんなことは絶対にあり得ない。だってミナさんは、『友達と一緒に放課後、制服姿のまま映画館に観に行った』って言ってたよね？」

「……」

「もう一度言うよ。俺が高二でエピソード2を観た時、ミナさんがもし俺より二歳以上年上……看護学生だったなら、放課後に制服姿でエピソード2を劇場で観たという事実に矛盾が生じる。何故なら、その時看護学生であるミナさんは、実習の時以外に制服を着ていなかったから」

「……だからあの時、看護学校に制服があるかを聞いてきたんですね」

　俺はミナさんの問いに、首肯で答えた。

「ミナさんはエピソード2を、高校在学中に劇場で観たはずなんだ」

人差し指と中指を立てて、そのピースサインをミナさんに見せつける。

「さっき二十七か三十の二択だって言ったよね？　これで俺より二歳以上年上、三十歳の可能性は潰《つい》えた。残ったのは……」

中指を折り曲げる。俺の右手には唯一、人差し指だけが突き立てられていた。

「二十七歳。君の年齢は……俺と同じ、二十七歳だね？」

ミナさんは動かない。こちらをじっと見つめたまま、俺の答えを噛み締めるように……。

「あ、ちなみにミナさんが高校で留年した可能性は一切考慮に入れておりません」

俺はにっこりと笑いながら、そう付け足した。

エピックギア・ポータブル3のスケルトンカラーを入学祝いで買ってもらったこと。ウェンディ姫よりも年上であるということ。ギャラクシー・ナイトのパペットムンディを制服姿で劇場のスクリーンで観たこと。そして、ミナさんが夏生まれであるということ。これら全てがミナさんの嘘でないならば、ミナさんの年齢は……。

「……お見事です」

おっし！　俺は胸中だけでガッツポーズをした。が、どうやら顔はにやけてしまっていたらしい。俺の表情を見てため息をつくミナさんは……なんだかちょっと楽しそうに見えた。

「まるで名探偵ですね」

くすくすと笑うミナさん。よかった。自らの正体が暴かれることに関して、ミナさんにそこまで抵抗感はないようだ。この調子でミナさんのことを……。

「こうしてわたしのことを知っていって、シンジさんはどうするつもりですか？」

俺が楽観的なことを考えていると、ミナさんがそう聞いてくる。その表情に、先ほどまでの朗らかさはなかった。俺も真面目な顔を取り繕ってから、その問いに答える。

「わからない。でも、俺はミナさんのことが知りたいと思っているよ」

ミナさんは顔をくしゃりと歪ませた。

「ミナさんは俺に素性を教えてくれない。そして俺はミナさんがどういう人なのかを知ろうとしている」

「……」

「ここ最近の俺は、いつミナさんと音信不通になってしまうかビクビクしながら生活を送っているんだ」

「……すみません」

気にしないで、と言いたくて、首を横に振った。

「でもミナさんは、こうして俺に会おうとしてくれている。それは……俺のことが少しでも気になっているから？　それとも……」

「……」

「今でも俺のことを恨んでいるの？」

ミナさんが目を大きく見開く。

まるで意外なことだったのかもしれない。それとも、驚きの演技を見せているだけ？

俺はもう腹に決めたことがある。それは……ミナさんの真意を確かめること。これからどんな結末が待ち受けていようと、それだけは揺るがない。

＊

ミナさんとのデートからアパートに帰ってきた俺は、早々にシャワーを浴びた。頭からお湯をかぶり、手にシャンプーを出す。いつも以上にがしがしと両手を動かしながら、髪の毛に付着したワックスを洗い落としていく。そうやって俺は、頭の中のもやもやを無かったことにしたかった。

けど、そんなことで脳内がスッキリするわけもなく……自らの意思に反して、俺は思考の坩堝《るつぼ》へとはまっていく。

ミナさんと出会った当初のことを思い出していた。

新宿駅前の広場でミナさんを待つ俺。待ち合わせ時間の数分前、何故かわからないけど、猛ダッシュで俺に近付いてくるミナさん。あれにはマジでビビったよな。

　そして俺のもとへと駆け寄った彼女は何と言った？　マッチングアプリで初めて対面した異性に、彼女は第一声、何と声を掛けた？

『あのっ……あ、あなたはっ！　タ……タキガワさんですかっ⁉』

　彼女は俺の名前を呼び、マッチングした異性であるかどうかを確認した。事前に服装の情報を送ってはいたけど、そうして再確認することは何もおかしくない。むしろ自然な流れだと思う。そこまではいい。

　彼女は俺のことをタキガワと呼んだ。俺はシェリールにシンジという名前で登録していたにもかかわらず、だ。

　どうしてミナさんは俺の苗字を知っているのか。メッセージのやりとりでも、俺は自らの苗字を明かしてはいない。ミナさんは俺と会う以前から、俺のことを知っていたのだ。俺が滝川慎司であることを、彼女は知っていた。

　シャワーを終えて部屋着に着替えた俺は、テレビをつけた。バラエティ番組を放送しており、左上のテロップには、「今夜決定！　アニメ人気キャラクターランキング！」の文字が表示されている。

『いやー、わたしは一位は絶対紅蓮隊長だと思いますね！』

『あー、紅蓮隊長、人気だもんねぇ。うちの娘も大好きでねぇ』

『この前娘にね、紅蓮隊長って、名前なんていうのって聞いてみたんですよ。フルネームを聞いたことなかったから』

『でしょー⁉』

『そしたらね、名前が長すぎて覚えてないって言うんですよ。いやいや好きなキャラなんだったら覚えときなさいよ、って』

『うんうん』

名前も知らない女性アイドルと大御所の男性司会者の掛け合いで、スタジオがどっと沸いた。賑やかな声を部屋のＢＧＭにしつつ、俺はスマホを手に取り、実家の母親へ電話をかける。

『なんやいきなり。珍しいやん。どしたん？　あ、あんた今年も年末帰ってきぃや』

「ああ、はいはい。休みも取ったし、そのつもりやったで」

関西弁を聞いてしまうと、自然とこちらも関西弁が出てしまう。こういうところで、俺って関西人なんだなと実感する。

「ちょっと頼みがあるんやけど。俺の部屋にある高校の卒業アルバム、引っ張り出してきてくれへん？」

『いっつもこっちがかけても電話出えへんくせに、なんなんいきなり』

「ええから」

『人使い荒いなぁ。こんなんしてくれんの、母親しかおらんで。あんた感謝しぃや』

「はいはい」

　俺の高校の卒業アルバムに載っている、その年に卒業した全生徒の顔写真。見開きページをそのまま撮ったものでいいので、こちらに送ってほしいと頼んだ。

『なんでそんなことさせるん？』

　不審そうに母さんが聞いてくる。

『好きやった女の子を思い出して、感傷に浸ってんの？』

　電話口からけらけらと笑い声が聞こえてくる。とある女子を確認したかったという点においては当たっている。思わず言い淀んでしまった俺に、母さんは言った。

『あんたにもそういうとこ、あるんやねぇ』

「……」

　二言三言話してから通話を切った。身内に恥をかきつつも、なんとか目当ての画像をゲットできた。俺はため息をつきながら、その大勢の顔写真の中から、とある女子を見つけ出す。

「……ミナさん」

　ミナさんは俺のことを知っていた。俺が滝川慎司であるということを。

「夏生まれ……親から夏にちなんだ名前をつけられた……」

画像の中のその女子は、真顔で正面を見据えていた。

第三章　十年前・皆本小夏

教室の暖房がそろそろ使われるだろうか、というくらいの今の時期が、わたしは好きだった。暑すぎず、寒すぎず、ひんやりとした空気がとても気持ちがいい。それに、高校二年になり、わたしの胸の発育は周囲の子たちと比べて顕著になってきた。暑い日はどうしても薄着にならざるを得ないので、異性の目が気になってしまうのだ。小夏《こなつ》という名前をつけられたのに、こんな理由で夏が嫌いになるなんて、なんとも皮肉なことだと思う。

わたしはこの学校の制服が好きだ。紺に深緑のチェックのスカートに、上はブレザータイプで赤いリボンとネクタイから選べる。カーディガンやベストを合わせることもできる。細部までデザインが行き届いており、とても可愛らしい。これからの季節、アイテムの多い冬服でオシャレができると思うと嬉しくなってくる。勉強は苦手だったけれど、この制服を着るために猛勉強し、なんとか入学したのだ。

学校は竹藪が生い茂る山奥（とはいえ、道路はちゃんとコンクリートで舗装されている）にあるので、自転車通学は大変だ。行きはぜぇはぁ言いながら自転車を押して坂道を上らなければならない。夏は朝から汗だくになってしまうから、それがわたしの夏嫌いに拍車をかける要因にもなっている。まあ、帰りは山の麓までほとんど漕がなくても着いてしまうからラクチンなのだけれど。

勉強面でみんなについていくのは大変だけれど、周りの友達のおかげでなんとかなっている。教科ごとにその分野で得意な子の力を借りて、テスト前につきっきりで勉強に付き合ってもらっているのだった。

朝の教室は、それなりに騒がしかった。プロレスごっこでじゃれ合う男子。おしゃべりに興じる女子。そこかしこに仲の良い者同士の島が出来上がっており、重なるたくさんの声たちが、朝の気怠い雰囲気を払拭してくれている。

一限目の授業までにはまだ時間がある。わたしは自席の横にかけてある鞄の中に手を突っ込んだ。首元の赤いリボンが、わずかに揺れる。

鞄からスマホを取り出して、『漫画シティ』のサイトに飛ぶ。画面をタップしてスリトレの漫画を呼び出し、昨夜からの続きを読み出した。

正義の心を持つ山賊の活躍を描く、能力バトル冒険活劇、スリー・トレジャー。世間では既にその面白さは認知されつつあり、わたしもその多分に漏れず、この漫画の虜になっていたのだった。

その今まさに絶賛連載中の大人気漫画を無料で読めてしまうのが、漫画シティというサイトだ。ちょっとだけ、っていうかかなり広告のバナーがウザいけれど、それらを一つずつ丁寧に消してしまえば、無料で漫画が読めてしまうのだから文句は言うまい。一冊の単行本に数百円払って読んでいたのでは、お金がいくらあっても足りない。

「おはよ小夏。あ、またスリトレ読んでるやん」

森田美緒《もりたみお》が声を掛けてくる。

「うん。やっぱめっちゃオモロいわこれ。茉莉花《まりか》のオススメしてくる漫画にハズレはないわー」

美緒が少しだけ、むっとした表情になる。

「でもそのサイトを教えてあげたんは、あたしやろ？」

「美緒にも感謝してるって。そんなムスッとせんでもええやん」

口を尖らせる美緒が、なんかちょっと可愛らしい。

「やっぱり持つべきものは友やね。ありがと」

そう言うと、美緒は満足そうに笑った。

「でも、広告のバナー消すのミスったら、変なサイトに飛んでまうけど」

「タダで読めてんねんから文句言うたらあかんわ！」

わたしと美緒は、けらけらと笑い合った。

「あ、茉莉花ー！　おはよー！」

わたしが元気いっぱいに手を振りながら挨拶をすると、相葉《あいば》茉莉花がこちらにやってくる。

「おはよう」

「茉莉花のオススメしてくれたスリトレ、めっちゃオモロいわ！　教えてくれてありがと！」

そう言うと茉莉花は、にっこりと笑った。

茉莉花はいつも面白い作品を教えてくれる。美緒はわたしが観たり読んだりした作品をチェックしてくれていて、そこでまた話が盛り上がるのだ。

この三人で、そういったサブカルネタでわいわい話すのが、最近のわたしの楽しみとなっていた。


四限目が終わって、昼休みの時間。みんなでお喋りをしながらお腹を満たしたあとで、鞄からスマホを取り出す。スリトレの続きが気になって仕方がなかったのだ。

待ち受け画面の漫画シティのアイコンをタップして、スリトレの漫画を表示する。うざったい広告バナーを一つ一つ削除していき、やっとこさ漫画を読める状態にできた。

と、お弁当箱を片付けている美緒の姿が視界に入る。美緒がいると、集中してスリトレを読めないだろう。美緒はわたしのことが大好きだから、絶対に話しかけてくる。友達が自分にかまってくれるのは大変ありがたいことだけれど、今はスリトレが読みたかった。

場所を移動しよう。そうだ、格技場の裏に行こう。座ることができるちょうどいい段差もあるし、あそこなら今の時間、誰もいないはずだ。

　わたしが椅子から腰を浮かせた瞬間、脇から男子の声が聞こえた。

「それ、漫画シティやろ」

　振り向くと、高身長から見下ろすようにこちらに視線を向けているクラスメイトの姿が目に入った。彼の名前は……滝川慎司。

　わたしは少なからず驚いていた。滝川はクラスでも目立たないタイプで、普段は自席で漫画や本を読んでいることがほとんど。友達がいないわけではないようだけれど、誰かと喋っているところを見たことはあまりない。もちろん、わたしとは全くと言っていいほど接点がなかった。

「うん、そうやで。美緒に教えてもらってん」

　意外な人物から話しかけられてしまった。漫画の続きが読みたいわたしは、早く話を切り上げて格技場裏に移動したかったけれど……。

「そのサイト、いつも使ってんのか？」

　滝川は話を終わらせる気はないようだった。周囲の女子たちも、ちょっと意外そうにわたしたち二人を見やっている。

　滝川は高身長を活かしてスポーツなんかの部活動に精を出しているわけでもなく、噂によると、学校に内緒でアルバイトをしているそうだ。しかも、ほぼ毎日。

わたしたちの学校は一応進学校なので、基本的にアルバイトは禁止されている。勉学、もしくは部活動に集中できなくなるからという理由らしい。いずれ大人になったらいくらでも働けるというのに、どうして学校側に内緒にしてまでアルバイトなんかをしているのか。わたしには理解できなかった。

「それ、スリトレやろ？　俺全巻持ってるし、貸したろか？」

「えっ」

意外な提案にわたしは思わず声を上げてしまう。少し冷静になって考え、一つの結論に思い至る。

自分で認めるのもどうかと思うけれど、わたしは人から好意的な目で見られることが多い。それは同性であればとても嬉しいし、ありがたいことなのだけれど……わたしは異性から好意を向けられることが多かった。

わたしの顔立ちとスタイルは、いわゆるモテる部類に入るらしく、特に高校生になってからその傾向が顕著になってきていた。男子に気さくに話しかけただけで向こうから熱烈なアプローチをされたり、学校のイベントなんかで接点が増えただけで告白されたり。自意識過剰と言われればそれまでだけれど、こういった異性間の惚れた腫れたとか、そういう事情に巻き込まれることが多くなってきた。そしてそれら全ては、わたし自身の気持ちが動かないところで起きていることがまた始末に負えない。

漫画を貸してやるという滝川の提案。それも滝川がわたしに気があるから、わたしと接点を作るための口実だと思った。

「ありがとう。でもスマホでタダで読めるし、別にええわ」

できるだけ無愛想にならないよう、気をつけて断った。早いとこ格技場裏に行ってしまおう。改めて立ち上がろうとしたけれど……。

「紙の方が読みやすいやろ？　遠慮せんでええで。明日持ってこよか？」

滝川は引き下がらなかった。わたしは意外を通り越して、ちょっと怖いとすら思った。別にそんなに仲良くもない異性のクラスメイトに、わざわざ家から漫画の単行本を持ってきて貸してやると言われたのだから。どうしてそこまでして……。

「いや、だからそこまでしてくれんでもええって」

「漫画シティはやめとき」

「……え？」

なんだというのだ。わたしの口から素っ頓狂な声が漏れる。周囲の女子も、不審そうにわたしたち二人を見やっている。

「そのサイトで読むのやめとき。海賊版やで、それ」

「えっ、海賊版？」

スリトレは良心を持った山賊の話だ。

「どういう意味？　わたしが読んでんのは山賊のスリトレやで？　海賊バージョンとかあんの？」

スリトレには山賊と海賊の話があるのだろうか。興味があったので聞いてみる。けれど、滝川は呆れたように言った。

「アホか。海賊版っていうんは、無許可でパクって違法に公開してるヤツのことや」

滝川の人を馬鹿にしたその物言いに、わたしは腹が立った。

「くだらん広告がアホほど出てくるやろ？　そうやってわけわからんサイトの広告料で違法に儲けようとしてんねん、その漫画シティの運営者は」

どうして仲良くもないクラスメイトにここまで言われなければならないのか。わたしは完全に頭に血が上っていた。

「タダで読めるんやったら、そんでええやん」

「漫画が売れんかったら漫画家と出版社に金が入らんねん。コンテンツが衰退して、誰も漫画なんて描こうとせんようになるやろ」

「借りた漫画だって、それもタダやんか。漫画シティで読んでんのと変わらんやん」

「そんでええねんって。海賊版が儲かるという現状がアカンねんから」

「なんでわたしだけなん？　みんな漫画シティで読んでるやん」

「……」

滝川は目を細め、歯を食いしばっている。わたしを恨めしそうに睨みつける。男子から怒りの感情を向けられたことのないわたしは、完全に萎縮してしまっていた。

「お前みたいなヤツがおるから、こんなクソみたいなサイトが無くならんのやろがっ！」

怒りをわたしにぶつけるように言った滝川の言葉は、教室中に響き渡るには十分な声量だった。

「……そっ、そんなん……」

わたしの声が、どうしようもなく震える。

「そんなん、知らんかったもん。違法とか……」

「小夏」

美緒がわたしに駆け寄り、肩に触れる。

「そんなん、知らんもん！　わたしはスリトレ読みたかっただけやもん！　お小遣いだけで全巻買えるわけないやん！」

わたしの目からボロボロと生温かい水滴が漏れる。視界が滲んでよく見えなかったけれど、滝川の表情は確かに歪んでいた。

「お、あ……いや、その……」

「聞いたことないもん！　海賊版とか！　わたしは……」

「ちょっと滝川、あんたなんのつもりなん？」

美緒が棘《とげ》のある言葉を滝川に投げつける。周囲の女子たちが美緒に加勢し、ぞろぞろと集まってくる。

「……いや、俺は……」

女子軍団に完全に圧倒された滝川は、思わずといった様子で後退《あとずさ》りする。怒りをあらわにしていた先ほどまでとは対照的に、肩を落としてとぼとぼと教室を出ていった。

＊

滝川との一件から、わたしはスリトレを読むのをやめてしまった。あれだけ熱中して、続きが気になって気になって仕方がなかったのに。

せっかく美緒から教えてもらった漫画シティのサイトを開こうと思っても、あの時の滝川の言葉を思い出してしまう。

漫画シティは無許可で漫画を掲載しており、作者や出版社といった、本当にお金を得るべき人たちにお金が入らない。それどころか、無断転載という違法なことをしている運営者が利益を得るようになっているという事実。

そういえば、公開中の映画の動画を撮影して、投稿サイトにあげる人がいると聞いたことがある。その他にも、非公式のサイトが音楽を違法に配信するとか、そういったものをひっくるめて海賊版と呼ぶらしい。色々なサイトやネットニュースで調べてみると、滝川が言ったことが正しかったことがわかった。

美緒をはじめとしたクラスの女子のみんなは、わたしを庇い、慰めてくれた。それとは反対に、滝川は女子から敵視されるようになった。教室であれほどの騒動を起こしてしまったので、悪目立ちをしてしまっていたのだった。本当ならわたしがいけないことをしていて、滝川はそれを注意してくれたのに。

美緒はわたしに、あんな男が言ったことなんて気にすることない。漫画シティなんて誰でも読んでいるのだから、もしその全員を捕まえようと思ったら日本中に刑務所がいくらあっても足りない、と笑いながら言ってくれた。

それでも……わたしはあれ以降、スリトレの続きを読むことができずにいた。


しばらくの間、わたしと滝川の気まずい日々が続いた。今まで全くと言っていいほど話したこともない男子と気まずくなるなんておかしなことだけれど、ちょっとすれ違う時とか、たまたま教室内で近くに滝川がいた時とか。わたしの心と体は縮こまってしまっていた。

そんな気まずい日々のきっかけを作ったのが滝川なら、それを終わらせたのもまた滝川だった。数日後の朝、一限目の授業が始まる前に、滝川がわたしに、おもむろに紙袋を差し出してきたのだった。

「皆本《みなもと》、これ、貸したるわ」

その滝川の表情に浮かんでいたのは、今までわたしに接してきた男子に共通していた心情ではなかった。好意や好色、そういったものではなく、彼の顔にありありと浮かんでいたのは……罪悪感だった。

滝川は、重そうな紙袋をわたしの机の上にドサッと置いた。わたしは無言で中を覗き込む。スリー・トレジャーの単行本がぎっしりと詰められていた。

「皆本が読んどったん、シーカー族の里・修行編やろ？」

わたしは、こくりと頷いた。

「十四巻から全部あるし、それ……貸したるわ」

ふい、とあらぬ方向を見やりながら、ぶっきらぼうに言う滝川。なんだかこちらまで気恥ずかしくなる。

「……わたしがこれ借りて読んだとしても、漫画シティでタダで読むんと一緒やん」

「お前なぁ……だから言ったやろ。漫画シティは……」

わたしは思わず笑ってしまった。

「滝川って、そんな真面目やとは思わんかったわ。なんで漫画シティにそんな恨みがあんの？」

そう言うと、滝川はくしゃりと顔を歪ませた。わたしは続ける。

「その生真面目さをさぁ、勉強とか、スポーツとかに向けようとは思わへんの？　学校に内緒でバイトばっかりしてるらしいやん。何がしたいん？」

「俺は……」

言い淀む滝川。

「俺はただ、思う存分楽しみたいだけや。少しでも……なんていうか、心のもやもやが無い、晴れやかな気持ちで色んな作品を楽しみたいんや」

「……」

「皆本がアホやと思うんやったらそれでもええ。俺は意地でもスリトレをお前に貸したるからな。あんなサイトを……」

わたしは机の上に置かれた紙袋を引き寄せた。

「ありがと」

「……お、おう」

滝川の表情から、緊張が抜けた。

家に帰ってから、滝川から貸してもらったスリトレの単行本を読み進めた。

スリトレはやっぱり、めちゃくちゃ面白い。主人公とともに冒険する仲間たちはとても個性的で、キャラクターの魅力こそがこの作品の根底を成していると言えた。

行く先々で出会いや別れを繰り返し、主人公一行は作中最大の謎であるロスト・アイランドという場所を目指す。ロスト・アイランドとは一体どこなのかという疑問は、読者の間で連載当初から頻繁に議論されている。

わたしは学校の休み時間に、滝川と討論してみた。

「やっぱり、ロスト・アイランドは自分の故郷！　とかっていうオチやと思うけどなぁ。そんで家族や仲間との絆に気付くんや」

わたしの意見に、滝川は呆れたように反論する。

「アホか。そんなくだらんことに世界中の山賊が命懸けるか」

「アホって言うな！　それやったら、滝川は何やと思うん？」

滝川は、にまりと笑う。

「俺が思うに、古代の遺跡とかやな」

「……男子って、なんか知らんけどそういうの好きやんな。なんでなん？」

「その遺跡には世界を支配できるだけの強大な兵器が隠されてんねん。悪い誰かの手にそれが渡ろうとした時に、ラストバトルでそれを阻止！　で、しゃあなしで破壊すんねん。夢にまで見たお宝は結局手に入れられませんでした、ってオチやな」

「でも、なんかありそうやな、それ」

「強大な力も、金銀財宝も手に入れられへんかった。でも彼らが唯一手にしたものがあった。それは、そう……仲間との……」

「仲間との絆やん！　それわたしが言ったやつ！」

「うっさいなぁ。俺が言おうとしてんの遮んなや」

「わたしが最初に言ったやん！」

わたしの声が教室に盛大に響き渡った。周囲のクラスメイトからしてみれば、おかしな光景に見えていることだろう。少し前に言い争いになり、挙句仲違いになったはずのわたしと滝川が、こうしてけらけらと笑い合っているのだから。


案の定、わたしは美緒から滝川とのことを色々と聞かれた。聞かれたといっても、答えられることはほとんどなかった。スリー・トレジャーの単行本を貸してもらって、それで仲良くなった。ただそれだけのことだ。

滝川は相変わらず、休み時間は一人で本や漫画を読んでいることがほとんどだった。滝川の方からわたしに話しかけてくることはなく、滝川が誰かと喋っている時と言えば、たまに他のクラスのオタク仲間と一緒にいる時くらいのものだった。

滝川がわたしのことを異性として見ているような様子はない。もちろん、人の心を見通すことなんてできないけれど、少なくともわたしはそう思っていた。

だからかもしれない。異性から好意の目で見られることの多かったわたしは、唯一男子の中で滝川と接する時だけは、自然体でいられた。

*

わたしが高校二年生の秋頃、ハリウッドのSF超大作、ギャラクシー・ナイトのエピソード2の公開が世間を賑わせた。前作エピソード1はかなりの興行収入だったらしく、その次作が全世界同時公開ということで、日本も熱気に沸いていた。

わたしはあまり興味がなかったけれど、滝川が楽しみにしている作品、という認識はあった。オタク仲間とギャラクシー・ナイトの話題で盛り上がっていた滝川は、わたしとスリトレの話をしている時みたいに楽しそうだった。

「滝川もギャラクシー・ナイト観に行くん？」

滝川に声をかけてみると、振り返ったその目は爛々と輝いていた。

「えっ、皆本も好きなん？」

「いや、観たことないよ」

「なんや、そうかぁ」

残念そうにしている滝川を見て、わたしも何故か少し気持ちが沈んだ。

「……でも、ちょっと気になっててん」

思わずそんなことを口走っていた。興味を持ったことなんてなかったのに。

「お、マジ？」

嬉しそうに目を見開く滝川。なんだかわたしも嬉しくなって、鞄からスマホを取り出す。

「今度の休みに、エピソード1観てみよかな？　なあ、ギャラクシー・ナイトってどれ？」

わたしはいつもアニメを観る時にお世話になっている動画サイトを開いて、滝川に見てもらおうと……。

わたしは咄嗟に、スマホを引っ込めていた。

「……ん、なんやねん」

「や、別に……」

「下の虫眼鏡のとこタップして検索したら、すぐ出てくると思うで。え……なんやねん」

わたしの動揺を感じ取った滝川が、不審そうにしている。

「……ううん、なんもない」

「なんもないことないやろ。言うてみい」

滝川に怒っている様子はない。わたしのことを心配するような声色で聞いてくる。

「このサイトって……悪いヤツなんかな？　これも違法なヤツ？」

「……は？」

素っ頓狂な声を出す滝川。

「だって……わたしこれでよくアニメとか観てるけど、お金払ったことないで。いつでも最新のアニメが見放題で、画質もめっちゃいいし。しかも古いアニメとかも揃ってる。……わたしはあんま観いひんけど、映画とかも観れるし。こんなことってある？」

「なんかアレやな。皆本、ＣＭとか通販番組のタレントみたいやな。それか企業案件もらった動画配信者か？」

「真面目に聞いてぇや！」

滝川がけらけらと笑っている。わたしが本気で睨みつけてやると、即座に真顔に戻る。一つ咳払いをすると、滝川は少し呆れた顔で説明を始めた。

「あんなぁ、このサイトは海賊版やないで。サブスクっていう商業形態なんや。サブスクリプションの略な。毎月カネ払うかわりに見放題を利用していいですよーっていうサービスや。紛うことなき正規のサービス。誰にこのサイト紹介してもらったん？」

「……お父さん」

「そんなら、料金も父さんが払ってくれてるんちゃう？」

「じゃあ、わたしは悪いこと、してない？」

わたしの問いに、滝川は大きく頷いた。わたしは安心して、胸中だけでため息をついた。

どうしてこうも安堵したのか。それは自分が悪者の片棒を担いでいなかったという安心感からくるものだったことも事実だと思う。でもそれ以上に……。

滝川から嫌われたくない。わたしの心の中に、確かにそういった感情が芽生え始めていた。

「もし時間があったらでええし、観てみたら？」

「うん！　……っていうか、滝川はギャラクシー・ナイトのファンやのに、がっつりオススメしてこおへんの？」

「人の好みは人それぞれやしな。無理に推しすぎて作品のことを嫌いになってほしくないんや」

「カッコつけちゃって」

「やかましぃわ」

わたしの笑い声が教室に響く。ふと思い立って、わたしは口を開く。

「なあ、もしさ、わたしがエピソード1を観て面白いって思ったらさ……」

「うん？」

「……」

滝川がわたしをじっと見ている。にもかかわらず、わたしは続く言葉を紡げずにいた。声が出ない。こんな感覚は今まで感じたことがなかった。

「ううん！　なんもない！」

「……ま、とにかく観た感想くらいは聞かせてくれや」

「うん、絶対言うわ！」

そう言って滝川は、すたすたと自席まで戻っていった。いつもよりも速い心臓の鼓動を感じながら、わたしは密かに深呼吸をした。

わたしは滝川を、映画館に誘おうとした。その自分がとろうとした行動に、わたし自身が驚いていたのだった。

わたしは普通に日常生活を送っているだけで、異性からのお誘いを受けた。でも、それらはわたしにとって、申し訳ないけれど迷惑なことだった。

けれどそれは、とても勇気がいることであることがわかった。誰かを誘って断られると、大袈裟な言い方になるかもしれないけれど、自分という存在が否定されたような気分になる。

滝川を映画に誘って、もし断られたとしたら……これからどんな顔をして接すればいいのかわからない。

今までデートに誘ってくれた異性たちの顔を思い浮かべた。緊張の面持ちの男子。余裕のなさを悟られぬように素知らぬ顔を作る男子。彼らが勇気を振り絞って一歩を踏み出していたことを、わたしは初めて理解したのだ。

そして今のわたしに……その勇気はなかった。

＊

残暑も終わり、少しずつ冷たい風が吹き始めてきた。外に出やすい季節になり、美緒の提案で放課後に出かけようということになった。わたしたちは今、制服姿のままで河原町の寺町通りに繰り出している。

寺町通りは、京都の繁華街の中心地である河原町通りの西寄りにある、南北に伸びる通りである。昼間は車両通行禁止の、歩行者専用のアーケード街だ。アパレルショップや古着屋なんかのファッション関係、カフェやハンバーガーショップ、それにアニメグッズショップ、ゲームセンター、他にもクレープ屋やスムージー屋など、様々なお店が建ち並ぶ賑やかなところだ。

わたしは入ったことはないけれど、老舗の古書店、日本らしい小物や扇子が置いてある雑貨屋といったお店もある。若者向けの最新のショップと、古き良き和のお店が融合する場所。若者から家族連れ、外国人観光客まで、様々な客層を呼び込む、河原町を代表する（わたしが勝手にそう思っている）ストリートなのである。

「なんかさぁ、ギャラクシー・ナイトの続編が……公開してるらしいやん？」

ゲームセンターのＵＦＯキャッチャーでゲットした戦利品を抱えながら、わたしはさりげなく切り出してみた。

「すごく話題になってるね。前作に負けへんくらい好評みたい」

茉莉花がわたしの話題に乗ってくれた。前髪で隠した目を少しだけ細めている。こんなに長すぎる前髪で、茉莉花は前が見えているのか時々本気で心配になる。

「ふーん」

美緒はあまり興味がなさそう。

「……あ、そういえば！」

わたしはわざとらしく声を上げる。

「ほら、ここから北に上がったとこに、映画館あるやん？」

「……え、うん」

美緒は戸惑っている様子。

「ほら、まだ帰るには早い時間やなぁ～……なんて」

「……」

「……」

　歯切れの悪いわたしの物言いに、美緒と茉莉花は無言のまま。その無言に耐え切れなくなってわたしは口を開く。

「……まあ、今日は、帰ろか！　うん、明日も学校やし！」

「えっ、小夏、まさか……」

　美緒がまじまじとわたしを見つめる。

「ギャラクシー・ナイト、観たいん？」

「……や、別に、観たいとかちゃうけど、なんかさ、ほら、滝川がオモロいオモロい言ってたから！　なんか気になっちゃって！」

　滝川を映画館には誘えなかったけれど、せめてギャラクシー・ナイトを観て滝川との話題作りをしたいと思ったのだ。

「小夏ちゃん、そんなに滝川くんのことが……」

　驚きの表情でわたしを見つめる茉莉花。

「別にそんなんとちゃうけど！　滝川がどうとかじゃなくて！　ただ、ギャラクシー・ナイトに興味があるだけ！」

　顔が焼けるように熱い。わたしが慌てる様子を、美緒は呆気に取られた感じで、茉莉花はキラキラと目を輝かせながら見ている。

「そういうことやったら、観に行こうよ。絶対観るべきやって」

楽しそうに茉莉花がわたしの手を引く。美緒はというと……やっぱりあまり乗り気ではなさそう。

「わたしはただ、ほんまにギャラクシー・ナイトに興味があるだけやしな？　勘違いせんといてや？」

「はいはい、わかりましたよー」

「まあ、小夏が観るんやったらわたしも観るけど……」

嬉しそうな茉莉花と、仕方なくといった感じの美緒。わたしたち三人は映画館へと向かった。


ギャラクシー・ナイトを観終わったわたしたちの評価は二つに分かれた。なかなか面白かったというわたしと茉莉花、上映中寝落ちしそうになった美緒。ただ三人に共通していた感想が、ムンディというキャラクターが可愛かったというものだ。

異星人キャラのムンディは人形で表現されており、喋るたびに口をパクパクさせる姿がとても愛らしい。その話で帰り道が盛り上がったので、わたしは一安心した。

わたしの願った通り、学校で滝川とギャラクシー・ナイトの話で盛り上がることができた。美緒と茉莉花の視線が気恥ずかしかったけれど、それでも、滝川と共通の話題で話せることがすごく嬉しかった。

＊

ミラクルくじのラインナップに、豪火の剣が選ばれたらしい。豪火の剣はスリー・トレジャーと双璧を成す大人気作だ。今回のミラクルくじは、発売当日すぐに売り切れる可能性も大いにあり得るだろう。もしA賞の1／7の紅蓮隊長のフィギュアが当たったら……考えただけでも、心が躍ってしまう。

わたしは美緒と茉莉花と、絶対引きに行こうね、と約束を交わした。美緒は時々、わたしがこういったオタク関係のことに誘うと、無理をして付き合ってくれているのではないかと思う時があったけれど、今回はどうやら乗り気のようだった。

わたしたち三人は発売当日に、限りあるお小遣いを手に握り締め、ミラクルくじを引きに行くことにした。

鼻息荒く出陣しようと思っていたわたしたちの出鼻を挫くニュースが、日本中で話題となった。転売ヤー事件である。豪火の剣のミラクルくじ、その一箱百枚全てを一人の客が買い占め、ネットのフリマサイトで販売してしまうというものだった。

全国の販売店で同様の事件が起こり、ミラクルくじが品薄になってしまったことで、ファンがグッズ欲しさに高額でネットで転売されている商品を買ってしまうという、まさに悪循環になっていた。

店頭でくじを引けなくなり、わたしと美緒と茉莉花は残念に思ったけれど、それ以上に憤り、落ち込んでいたのが、滝川だった。

アニメショップで働いている滝川は、勤務中に転売ヤーを間近で目撃したらしい。

「発売初日の日曜に、開店前から先頭で並んでて、一箱全部買い占めていったんや。レジの俺も後ろに並んでるお客さんも全員ぽかーんやったわ。俺が何べんも聞き返してたら転売ヤーがイライラしだしてな、そしたら店長が出てきて、全部売ったれ、って言ってきてん」

お店の経営者からしたら、商品が売れるのなら何の問題もないのだろう。

「でもさぁ、それって別に悪いことちゃうやん」

わたしと滝川の間に、美緒が割って入る。

「くじ引くのに回数制限とか決まりがあるわけちゃうんやろ？　フリマサイトに大量出品するのも違法じゃないし、一店員がしゃしゃり出ることちゃうやん」

美緒の言葉に、ぐむむ、と滝川が口をつぐむ。そう、法的には何の問題もないことなのだ。

「そもそもその人が転売ヤーやっていう証拠もないやん。ただ紅蓮隊長を愛してやまないファンの可能性もあるし」

「いや、あれは絶対転売ヤーや。グッズの扱いがめちゃめちゃ乱暴やった。ファンやったら絶対あんな雑に扱わへん！」

その滝川の子どもじみた物言いに、美緒はけらけら笑っている。わたしも可笑しくなってつい口が緩んでしまったけれど、滝川の怒りは本物だったので、美緒みたいには笑えなかった。


今回の紅蓮隊長のミラクルくじの一件で、日本中のファンたちは滝川のように憤り、その怒りをＳＮＳにぶつけた。

店頭で商品が買えない。フリマサイトで手に入れようにも割高で買わされる。そして何より、自分たちの愛するコンテンツを使って儲けようとする転売ヤーに対する怒り。「ミラクルくじ」と検索をかけると、そこには阿鼻叫喚の地獄絵図が広がっていた。

ここまでの炎上を公式が無視できるわけもなく、買い占めを行う転売ヤーへの対応策が、全国の取り扱い店舗で施行されることとなった。

くじが引けるのは一人一日一店舗につき、一回のみ。悪用防止のために、引かれたくじの紙切れは店舗側にて回収。商品とくじが用意され、再販という形で新たなスタートを切ったのだった。

その公式の対応に、滝川は満足そうだった。

「めっちゃ嬉しそうやん」

茶化すように、わたしは滝川に言ってみた。

「うん、せやな。これでオタクたちの平和は守られたわ」

「やからさぁ、転売は別に悪くないやん。法律でも何の問題もないんやろ？　もしそれで簡単に儲かるんやったら、わたしもやってみたいけどなぁ」

滝川の神経を逆撫でするように、美緒が言う。

「い、違法やないからって何してもいいわけないやろ！」

「なにムキになってんの」

滝川と美緒の喧嘩が始まった。わたしは二人の間に割って入り、まあまあ、と窘《たしな》める。

「そうや！　今日の放課後、美緒と茉莉花の三人で滝川のバイト先行くわ。ミラクルくじで紅蓮隊長のフィギュア引き当てるし！　今日、滝川バイトしてる？」

滝川が露骨に嫌な顔をする。

「冷やかしはやめてくれぇ」

「あんた店員やろ？　店の客に対してそんなん言ってええの？」

美緒の嫌味に、滝川の表情はさらに歪む。

「あ、嫌やったら、その……行かへんよ。ごめん、なんか変なこと言っちゃって……」

わたしは言いながら、俯いてしまった。また滝川に嫌われてしまったかな。どうしようもなく落ち込んでしまう。

「いや……別に来たらええやん。でも長話はできひんで。一応仕事中やしな」

わたしは顔を上げて大きく頷いた。滝川は照れを隠すように、頭をぽりぽりと掻いている。


放課後、わたしたちは宣言通り、滝川がアルバイトをしているアニメショップへと向かった。

寺町通りは今日も多くの人が行き来していた。家族連れ、仲良しグループ、カップル、外国人観光客。思い思いのお店で手に入れた土産物の入った袋を携え、誰もが楽しそうにしている。

対面から横一列で並びながら歩いてくる観光客の群れをかわしながら、わたしたちは目的地を目指して寺町通りを北上していく。

その道中、滝川がアルバイトをしている店とは別のアニメショップが目に入った。

「なあ、ここで運試しせえへん？」

「運試して……なにそれ？」

わたしの提案に、美緒は可笑しそうだ。

「一店舗につき一回しか引けへんやろ？　ここでも一回引いていこ」

「それ運試しっていうか、普通にくじを二回引きたいだけやん」

美緒のツッコミに、わたしはにっこりと笑った。そのあとで、ちらと茉莉花の方を見やる。

「わたしも二回引きたいから、大丈夫やで！」

ふん、と鼻息荒く返答する茉莉花。

「美緒もお小遣い、大丈夫？」

「あー、わたしはちょっとヤバいから一回でええかな」

というわけで、わたしたちはこの店で一度紅蓮隊長のミラクルくじを引いてから、滝川の働く店に向かうことにした。

紅蓮隊長のミラクルくじ、初戦の結果はというと、わたしは一番レア度の低いE賞で、茉莉花はなんとB賞を引き当てたのだった。

「いーなぁ！　いーなぁ！」

袋に入ったB賞の紅蓮隊長の二頭身の卓上フィギュアを手に、茉莉花は困ったように笑っている。わたしの当てたE賞はラバーキーホルダー。紅蓮隊長のにこやかな表情が可愛らしく、ラバーのクニクニした触り心地も気持ちいいのだけれど……。

「いやこれもええけど！　いーなぁ。卓上フィギュア、あたしも欲しい！」

「茉莉花、小夏のやつと交換したりぃな」

「え、あ……ああ、うん」

美緒の無茶苦茶な提案に、茉莉花が本当にB賞をわたしに差し出してくる。

「いやええて！　美緒の冗談やから真に受けたらアカンよ！」

美緒がけらけらと笑い、茉莉花は困ったようにおどおどしていた。

「この卓上フィギュアも可愛くていいけど、でも……あたしはA賞が欲しいなぁ」

遠慮気味に茉莉花が言った。その気持ちは、わたしもめちゃくちゃわかる。A賞が確実に当たるなら、わたしは五回分くらいのお金なら出してもいいくらいだ。

「何言うてんの。E賞やった小夏の前で、B賞当てた人の言うことちゃうやろ、それ」

「ご……ごめん、森田さん」

「あたしに謝ってどうすんの。小夏に謝りぃや」

「そ、そうやね。ごめん、小夏ちゃん」

美緒が結構ガチめに怒っている。この子のキレるポイントは、わたしも時々よくわからない。まあまあ、と美緒をなだめながら、三人で寺町通りを北上していく。

滝川のアルバイト先のアニメショップに到着。店舗の一階はコンビニになっており、階段を上らなければならない。わたしたち三人は、店内へと続く階段の途中からレジを覗き込む。エプロン姿の滝川が、せっせと接客をしていた。

いつもより三割増しくらいでにこやかな滝川は、なんだか大人びて見えた。労働にいそしむ同級生なんて見たことがないから、そのせいかもしれない。……なんかちょっとだけ、胸がドキドキする。

「滝川くん背ぇ高いから、シュッとしててカッコいいなぁ。ね、小夏ちゃん？」

わたしの内心を見透かして、茉莉花が茶化すように言ってくる。

「……え？　まあ、うん。そうやね、うん」

とかいう曖昧な返答をしてしまった。その気恥ずかしさを誤魔化すように、わたしは勢いよく店内に足を踏み入れる。来客に気付いた滝川が声を上げた。

「いらっしゃいま……せぇ～」

わたしたちだと気付くと、露骨に顔を歪ませる滝川。

眉間にしわを寄せ、美緒が言い放つ。

「ちょっとあんた、何なんその後半の気怠そうな声は」

「クレーム入れるんやったら、お引き取りくださいませ」

「なんやその態度は。客に対して失礼とちゃうかぁ？」

美緒の物腰が完全に関西のおばちゃんのそれだったので、わたしと茉莉花は思わず笑ってしまった。幸い、平日なので店内のお客さんは少なかった。

「来てあげたで、滝川！」

わたしがそう言うと、ふい、とあらぬ方向に視線を投げる滝川。

「ん、店の売上に貢献していってくれぇ」

その言い方がなんだかおかしくて、わたしはまた笑ってしまった。

「あっ、見て見て！　紅蓮甲須賀ノ助善友のフィギュア！　あれがA賞や！」

突然茉莉花が、滝川の背後のレジ奥を指差す。そこには縦長の箱に納まった紅蓮隊長の凛々しい姿があった。

太い眉、燃えるような紅い髪、ぎらりと眼光鋭い目。遠目で見ているだけなのに、この迫力。わたしと美緒も、思わず感嘆の声を漏らす。あれこそがミラクルくじのA賞の景品、紅蓮隊長の1／7スケールフィギュアだ。

先ほどのアニメショップでは、ポスターの写真でしかそのフィギュアを確認できなかった。実物をこの目で見てみると、あらためてその完成度の高さに圧倒される。

「めっちゃカッコいい！　店員さん、アレ一つください。店員さんの奢りで！」

「アホなこと言うな。欲しいんやったら、くじ引いて百分の一を当ててくれ」

わたしの冗談に、滝川がツッコミを入れる。

「百枚あるうちの一枚しかないって、ホントなんやね」

茉莉花が滝川に聞く。

「せやな。まあ、今開封してる箱は五人引いてったから、正確には九十五分の一かな」

わたしは顎に手を当て、目を細める。

「うーん……さすがに、なかなかシビアやね……。あ、茉莉花さっき、B賞当てたんやで。紅蓮隊長の卓上フィギュア。すごない？」

「へぇ、すごいな相葉。B賞でも一箱に三枚しかないし、かなりレアやで」

茉莉花はにっこりと笑ったけれど、すぐにその視線を1／7フィギュアの方へと向ける。A賞のフィギュアがどうしても欲しいみたいだ。まあでも、それは茉莉花だけの願いではない。ミラクルくじを引く全ての者たちの想いなのだ。

「わかってると思うけど、鉄の掟には従ってくれ。くじは一人一枚しか引けへんしな」

「はいはい」

わたしは滝川の言葉に、頷いてみせる。

「あと、悪用防止で、引いたあとのくじも回収するしな」

「え、そうなん？」

「そういう決まりやねん。使用済みのA賞のくじの紙切れで、色々悪さされたらたまらんやろ。ほれ、あれ」

滝川はレジ後ろに置いてある箱を指差す。

「あれの中に、開封済みのくじ全部入れてんねん。ああやって元あった箱に回収して、あとで破棄すんねん」

「でも、さっきは回収されへんかったで？　ほら」

わたしは先ほどの店で引いた使用済みのくじを滝川に見せた。

「うわ、マジか。それはそこの店員の勤務懈怠《けたい》やな」

「ケタイ？　ケタイってなに？」

わたしは疑問を口にする。

「勤務を怠《おこた》ったっていうことや。サボりみたいなもんや」

「勉強せんとバイトばっかやってるくせに、そういう言葉は知ってんねんな」

美緒がまた悪態をつく。

「俺は漫画アニメゲームから色々学んでんねん」

何故かちょっと誇らしげに、滝川は言った。

たまたまお客さんが来なかったから滝川と色々話ができたけれど、長居をしすぎたらさすがに迷惑になりそう。わたしたちは鞄から財布を取り出し、本来の目的であるミラクルくじを引くべく、一回九百円の代金を支払った。

滝川がレジ下からくじ箱を取り出す。

「……この中の一枚に、紅蓮隊長の引換券があるんやね」

「なんや紅蓮隊長の引換券て……人身売買の業者みたいに言うやん……」

神妙に言うわたしに、滝川は少し笑っていた。わたしはむっと膨れっ面を作ってから、箱に手を突っ込む。がさごそと手を動かしたあとで……。

「……はいっ！　これにする！」

一枚のくじを引いた。それをレジ台の下の鞄置きに載せた。両手の平をこすり合わせて、儀式を始める。

「お願いお願いお願いお願いお願いお願いお願いします！」

懸命に念じるわたしを見て、美緒と茉莉花が笑っている。滝川はというと、呆れたように口を開いた。

「神頼みは引く前にするもんちゃう？　引いたあとに祈っても意味ないやん」

「うっさいなぁ！」

わたしのあとに引いた二人は、さっそくくじを開こうとしている。

「あれ？　これめっちゃ開けにくない？」

「……うん、さっき引いた時も開けにくかってん。こうやって、この点線に沿って爪を入れたら……」

美緒と茉莉花は爪を立てて、開くのに悪戦苦闘していた。その間もわたしは、滝川と軽口を叩き合っていた。

「人が祈ってる最中に萎えること言わんといてくれる?」

「もう祈っても結果は一緒やねんから、早よ開けぇや」

「あーそういうこと言う? 滝川、あんた絶対モテへんで」

「お、大きなお世話や！」

他愛もないじゃれあいだけれど、わたしにとってはそれがすごく楽しい。そうこうしている間に、美緒と茉莉花は自分たちのくじの結果を確認していた。

「あ、わたしDやわ。ピンズセット」

ちょっと嬉しそうな美緒。茉莉花はというと。

「……わ、わたし、また、B賞！」

前髪に隠れた目が、大きく見開かれる。

「ええっ⁉」

なんと、二回連続でB賞。

「すごいな。一箱に三枚しかないBを連続で引き当てるとか。けどそれって相葉的にはどうなん? レアはレアやけど、被ってもうてるやん」

滝川が茉莉花に聞く。

「……うん」

「それやったら、小夏と交換してあげぇや。さっき小夏が引いたE賞と」

美緒が茉莉花に提案する。それは、わたしとしてもありがたい。

「そうやね。うん……いいよ」

「ほんまに⁉　やったぁ！　茉莉花ありがと！」

わたしは思わず茉莉花に抱きついた。困ったように笑う茉莉花。提案してくれた美緒が、何故か口をへの字にしてわたしたちを見やっていた。

……さて、と。わたしは気を取り直し、持てる念力を総動員し、その全てをくじに込めた。

「はいっ！」

わたしは勢いよく、自分が引いたくじを開いた。

「よう一発で開けれたな、それ。めっちゃ開けにくいのに」

変なところで感心する滝川。そんなことどうでもいい。

くじの中身を恐る恐る覗き込む。

「……」

E賞だった。肩を落とし、ため息をついた。

「残念やったなぁ」

楽しそうに声を上げる滝川を、わたしは本気で睨みつけた。

「す、すんません……」

即座に謝る滝川。

「まあでも、ほら、相葉からB賞交換してもらえんねんからよかったやん。ほら、卓上フィギュア。二頭身やけど、可愛いで」

レジ下からB賞の景品を取り出し、滝川がしどろもどろになりながら言う。にこやかな紅蓮隊長の二頭身フィギュア。

「……ほんまや。可愛いやん」

わたしの漏らした声に、滝川の笑みがこぼれた。

＊

滝川が働くアニメショップに三人でミラクルくじを引きに行ったあの日。あれからわたしは、滝川とさらに仲良くなれたかなと思っていた。だけど残念なことに、それは浮き足立ったわたしの早とちりだったようだ。

あれから滝川は、わたしに対して少し無愛想になった。正確には、次の日はミラクルくじ話で盛り上がれたのに、翌々日あたりから急に元気がなくなったという感じだ。

滝川は普段から口数の多い方ではないけれど、いつも以上に心ここに在らずといった感じで、物思いに耽るような様子が続いていた。わたしが漫画やアニメの話題を振っても、生返事しかしてくれない。

どうしてだろう。わたしたちが滝川のアルバイト先の店にくじを引きに行ったあの日、わたしは滝川に何か酷いことを言ってしまっただろうか。わたしたちのやりとりは冗談の範囲内だったと思うけれど……。でも、わたしが気付かないうちに傷付けていたなんてこともあるかもしれない。そもそもアルバイト先に行くという行為が、滝川は本気で嫌だったのかもしれない。

わたしはふと、小学生の頃の苦い記憶を思い出す。仲の良かった友達を知らず知らずのうちに傷付けてしまい、謝ることもできずにその子は転校してしまって……。


「なあ、皆本」

わたしたちがミラクルくじを引いて数日が経った、とある日の昼休み。久しぶりに滝川から声をかけられた。

「な、なにぃ？」

わたしは目を大きく見開き、少し口角を上げる。無意識にいつもより少し高い声が出てしまう自分に、内心だけで笑っていた。

「あー……あの、何て言うか……」

滝川は何かを言いあぐねていた。珍しいな。話しかけられた嬉しさも相まって、わたしはちょっとからかってみたくなった。

「デートのお誘いなら、お断りやでぇ」

わたしの冗談なんてかまわず、滝川は口を開いた。

「皆本、紅蓮隊長のフィギュア欲しがっとったやろ？　ミラクルくじの、A賞の」

「まあ、そらなぁ。あれを欲しがらへん人なんておらんやろ」

「いや、なんかさぁ、もしかしたら今日くじ引いたら、A賞当たるかもしれへんで」

「え？」

「……知らんけど」

知らんけど、は、関西人が責任を取れないことを強調する言葉としておなじみだけれど、ここまで無責任な「知らんけど」をわたしは今まで聞いたことがない。

「どういうこと？　百分の一の確率でしか当たらへんA賞が、今日なら当たるって？」

「……いや、まあ……うん、多分」

当たり前だけれど、誰かがA賞を引き当てた箱にA賞は残っていない。一箱に一枚しか入っていないのだから、A賞を引く可能性はその時点でゼロだ。

そして開封したばかりの箱なら、可能性は百分の一。限りなく低い確率に賭けるしかない。

滝川はバイト先の店の内情を知り得ているはずだ。わたしは思考を巡らせた。

例えば……開封してしばらく経ったミラクルくじの箱があったとする。それなりの人数のお客さんが引いていったけれど、まだA賞を誰も引き当てていない。それならば、わたしがその箱のくじを引いたとしたら、A賞を当てる可能性は高くなる。

滝川はわたしを、A賞を引き当てるのに有利な箱に誘導しようとしてくれている？

「とにかく今日の放課後、この前と同じくらいの時間に俺のバイト先に来てくれ。な？」

「でも……」

「カネなら心配いらん。俺が奢ったるわ。特別やで？」

「えっ」

「はい、決まりな！　絶対来いよ！」

そう言って、滝川は教室を出ていってしまった。

デートとか遊びに行く誘いではないけれど……わたしは滝川に誘われた。その事実だけで、わたしの心はどうしようもなく踊ってしまう。学校外のところで滝川と二人きり。……まあ、向こうはアルバイトの最中なのだけれど。

でも、とわたしは思う。こんなの、フェアじゃない。

「……」

滝川は誰よりも、こういった不正行為やましいことに厳しかったはずだ。

滝川と話したきっかけは、漫画シティで漫画を読むことを厳しく咎められたからだし、滝川は誰よりも転売ヤーに対して怒りを覚えていた。

自らが愛するサブカルやオタク文化で不正行為をはたらく人を、滝川は異常なまでに恨んでいる。そんな滝川が、ミラクルくじでA賞を当ててほしいがために、アルバイト店員という立場を利用してわたしを誘導しようとすることが……どうしても不自然に思える。

「……うーん」

まあ、わたしの考えすぎかもしれない。だって、滝川はA賞が当たると、わたしに明言したわけではないのだから。

わたしは鞄の中の財布を取り出す。九百円のくじを引けるだけの金額が残っているかを確認しておいた。


その日の放課後、滝川との約束通り、わたしは四条寺町から寺町通りを北に上がったところにある、滝川の働くアニメショップに来ていた。一階のコンビニの横にある階段を上り、店舗へと向かう。

滝川と校外で二人きりで会える。二人で遊びに行くとかそういうことではなかったけれど、わたしは少しだけ緊張していた。

落ち着け。落ち着け……。滝川はアルバイトをしていて、わたしはお客さんとしてミラクルくじを引きに行くだけ……。

『いや、なんかさぁ、もしかしたら今日くじ引いたら、A賞当たるかもしれへんで』

階段を上りながら、あらためて滝川の言葉を思い出し、わたしはまた言いようのない不信感を覚えた。

「……お、来たな」

店に入ると、レジにいる滝川が声をかけてきた。にこやかな表情を見て、わたしも嬉しくなる。先ほどまでの不信感はどこかへ飛んでいってしまった。

「しゃあなしで来てあげたで！」

と、減らず口を叩くわたし。滝川は、ふっ、と少しだけ笑った。わたしがレジに向かうと、その緩んだ顔を引き締め、滝川はレジの下から箱を取り出した。

「今回は俺の奢りや。一枚だけ引いてくれ」

と滝川は言ってくれたけれど、わたしは財布から千円札を取り出す。

「いや、だからええて。俺が出したるから」

「そういうわけにはいかへん」

「友達のよしみや。気にせんでええ」

「気にするよ！　わたしたち、付き合ってるわけでもないのにお金出してもらうなんて……」

言ってから、顔が焼けるように熱くなる。滝川は、ふい、とあらぬ方向に顔を向けている。

その気恥ずかしさを誤魔化すように、わたしは千円札を突き出した。滝川は困った様子だったけれど、観念してそれを受け取った。そしてお釣りの百円玉を、レジからではなく、何故か自分の財布から取り出した。

「えっ、なんでお釣り、そこから出すん？」

滝川はわたしの問いに、くしゃりと顔を歪ませる。しまった、とでも言いたげな表情だった。

「お、俺からのせめてもの気持ちや。レジのカネをちょろまかしてるわけちゃうねんから、ええやろ」

「……変なの」

「ええから、ほら、早よ引いてくれ」

どん、とレジの台にくじ箱を置く滝川。わたしは箱の中に手を入れ、がさごそと中を詮索してみる。わたしの感触でしかないけれど……くじの紙は、ざっと五十枚くらいはあった。多いとも言えないけれど、少ないとも言えない。正直、滝川があそこまで言うものだから、箱のくじの枚数はもっと少ないのだと思っていた。

その中の一枚、ビビッと来たくじを摑んで、わたしは勢いよく手を引き抜いた。

「はいっ！」

「……元気やなぁ」

呆れたように、滝川が言う。

「これは間違いない！　絶対A賞や！」

「やとええけどな。ほれ、開けてみぃ」

三角形のくじの切り取り線に爪を立てて開封しようとしたけれど……なかなかうまくいかない。

「あれぇ、全然開かへん」

「どんくさいなぁ。ほれ、貸してみぃ」

わたしは素直に、引いたくじを滝川に渡した。おかしいなぁ。ミラクルくじは開けにくいことで有名だけれど、この間引いた時はここまでだったかな？

確かに一軒目のアニメショップで引いた時は開けにくかったけれど、この店で引いた時は簡単に開けられたのに。

滝川はレジの引き出しからハサミを取り出し、それで切ってくれるようだ。

「うお！　まじか⁉」

滝川の驚きの声で、わたしは我に返った。

「A賞！　A賞や！」

「えっ、嘘ぉ！　ほんまに⁉」

滝川はくじを見せてくれた。そこにはAのアルファベットが印刷されている。

「ほんまや！　信じられへん！　……えっ、これ夢ちゃうやんなぁ？」

「なに寝ぼけたこと言うてんねん！　A賞やA賞！　ほれ、紅蓮隊長のフィギュアやぞ！」

滝川がレジの後ろに置いてあった紅蓮隊長の1／7フィギュアをこちらに持ってきてくれた。夢なんかじゃない。わたしは本当にA賞を引き当てたのだ。

「やったぁっ！　滝川、わたしめっちゃ嬉しい！　滝川のおかげや。誘ってくれてありがとっ‼」

まさか本当にA賞が当たるなんて。これも、わたしをこの箱へと誘導してくれた滝川の計らいのおかげだ。わたしは無意識に、レジの向かいにいる滝川の両手を掴んでいた。ブンブンと上下に振り、喜びを最大限に表現した。

「ありがと！　滝川ありがとっ！」

「お、おい……は、離せや……」

そんなことを言いながら頬を赤く染める滝川。そしてそれ以上にわたしも……いや、考えるのはやめておこう。冷静になってしまえば、恥ずかしさで顔が蒸発してしまうかもしれないから。

滝川……滝川慎司。喧嘩から始まった彼との関係は、多くの作品に触れる機会を与えてくれたし、さまざまな学びを得るきっかけにもなった。

そして、わたしにたくさんの青春の思い出をくれた。教室でお喋りもしたし、議論もしたし、滝川が働いているお店に行ったりと、楽しい時間を過ごさせてくれた。

忘れることのない、ミラクルくじでA賞を当てられたこと。本当に、色んなことがあったなぁ。十年経った今でも、その思い出たちは色褪せることなく、わたしの記憶に残っている。

滝川はわたしのことなんてもう覚えていないかもしれないけれど、わたしにとって彼は、忘れられない初恋の相手だった。

第四章　君の出身地を言い当てよう

オタク二人がおでかけするんだったら、やっぱりこの場所は行っとかないと……というわけで俺とミナさんは今、オタクの聖地である秋葉原に来ている。

今日は日曜日。駅前は戦利品を抱えた猛者たちやロリータファッションに身を包んだ呼び込みの女の子、外国人観光客なんかで賑わっていた。

ミナさんと出会ってからこれが何度目のデートになるのだろうか。俺はラジオ会館のデカいモニターを見やりながら、ふとそんなことを思った。

少し肌寒くなってきたこの季節。街行く人たちの中にも上着を着る人が増えてきた。ミナさんも薄手のロングコートを羽織り、プリーツスカートの足元にはショートブーツを合わせている。

時刻は昼の十一時半を回っている。

「シンジさん、先にお昼を食べませんか？　それからぶらつきましょう」

「うん、そうしようか」

「近くにマクドがあったはずなんで、そこに行きませんか？」

こうしてミナさんの方から食事の場所にファストフード店を提案できるくらいに、俺たちは気の置けない関係になっていた。……まあ、そう思っているのはこちらだけかもしれないけど。

この前会った時に、俺はミナさんの年齢を言い当てることに成功した。ミナさんは俺と同い年、同学年であることが判明したのだ。

そして、これはミナさんには話していないが、彼女は俺が滝川慎司であることを、俺に会う前から知っていた。つまり俺とミナさんは、アプリでマッチングして駅前で待ち合わせをしたあの時が、初対面ではなかった可能性が高い。

俺は多分、ミナさんが何者なのかを知っている。そしてミナさんも、自分の正体に俺が勘付いていることを、知っているのかもしれない。

このミナさんの正体を言い当てる謎解きゲームも、そろそろ佳境にさしかかっていた。

「そういえばさ」

てりやきバーガーにかじりつきながら、俺は聞いてみる。

「ミナさんはずっと東京にいるの？　それか、地方からこっちに出てきたの？」

オレンジジュースを飲んでいたミナさんが、わずかに顔を上げる。その目には少しだけ警戒心が見てとれた。

「今度はわたしの出身地を言い当てるつもりですか？」

「そうだね」

まあ、大体の予想どころか、ほぼ確定でミナさんの出身地を言い当てることはできる。……俺の勘違いでなければ、だけど。

「そうですね、まあ、東京出身ではないとだけ言っておきましょうか」

ミナさんの言い方には、少しだけ諦念が混じっているような気がした。自らの正体を俺に見破られる覚悟を、少なからず固めているのかもしれない。

「前にも言ったと思うけど、俺は京都出身なんだ」

ミナさんの表情が、わずかに動く。楽しい思い出、はたまた苦い記憶を思い出したのか……その複雑な表情からは上手く読み取れない。

「高校時代はずっとバイトしてたなぁ。河原町のアニメショップで働いててさ。アニメキャラに囲まれながら仕事するのは楽しかったよ」

「……そうなんですね。とても楽しそう」

「もし俺が京都にずっといたら、家電量販店のホビー売り場とかで正社員として働きたかったかなぁ。商品の品出しとかして。京都タワーのすぐそばに、超大型家電量販店があるんだよ」

あの一件がなければ……地元京都で得意分野を活かして働くのもアリだったかな。

「ああ、二階ですよね、確か。オモチャ売り場」

「……え？」

確かに、今俺が話した家電量販店のホビー売り場は二階だ。

俺の反応に慌てるミナさん。

「あ……わたしも、そう、行ったことあるんですよ」

「……」

「旅行で、ね。友達と一緒に。……ほら、日本三景の天橋立とか！　あと、京都の方にも行きましたよ、うん。神社仏閣とか。その時に、京都駅周辺とか……その家電量販店のオモチャ売り場にも……」

しどろもどろになりながらミナさんが言う。

「ふーん、旅行、ね」

「……なんですか？」

「いや、旅行で行っただけなのに、売り場の階層のことまで覚えているなんてすごいなぁと思って」

「な、何が言いたいんです？」

「ミナさんは記憶力がすごいんだなぁーって。それだけ」

ミナさんがジト目をこちらに向けてきたけど、俺はわざと素知らぬフリをする。

「さて、腹も満たされたし、これからどうしようか」

「この近くで、今、『笹本さん』のコラボカフェをやってるんです。そこに行きませんか？」

爆発的な人気から二期の放送も確定している、去年の覇権アニメ、笹本さん。この作品にはコアな女性ファンが多いこともあるし、コラボカフェが女性で溢れかえっていたら居心地が悪そうだ。それに……。

「うーん、俺、笹本さん、観たことないんだよなぁ」

「これから一緒に観るっていうのはどうですか？　ネットカフェにでも行って。それでシンジさんが気に入れば、コラボカフェに行きましょうよ」

「俺は別にいいけど。でもホントに、俺は好きになれない可能性あるけど、ミナさんはいいの？」

「シンジさんも絶対に気に入ってくれる自信があるので、大丈夫です」

「……まあ、とくに予定もないし、試してみようか」

というわけで、俺とミナさんはネットカフェへと向かうこととなった。


ネットカフェという密室で女の子と二人きりって緊張するよなぁ。選んだソファの部屋がそんなに広くないところだったから、尚更。

ミナさんが飲み物を取りに行ってくれている間に、俺は備え付けのパソコンを操作して動画サイトを開く。虫眼鏡をタップして、「笹本さん」を検索にかけた。

「シンジさんもきっと楽しんでくれると思いますよ」

コーヒーを二つ持って戻ってきたミナさんは、そう言いながら俺の隣に座った。距離が近い……。女性特有のシャンプーの香りが鼻腔をくすぐり、内心で猛烈に悶える。

俺は努めて平静を装いながら、パソコンの画面に集中した。

現代日本に生きる若者たちの悲壮感漂う日常を描いた、ドタバタギャグアニメ、笹本さん。登場人物に声を当てているのが全員実力派人気声優ばかりで、それがまた滑稽さに拍車をかけている。社会生活もうまくいかず、うだつがあがらない彼らの生活が丁寧に、コミカルに綴られる。

女性人気ばかりが取り上げられていたので敬遠していたが、男として感情移入できる場面も多く、むしろ男のために作られたアニメではないかという気さえしてきた。

「結構オモロいやん……」

思わず関西弁で呟いてしまった。

「やろぉー？」

横から元気な声が飛び出す。驚いた俺がそちらに顔を向けると、ミナさんとばっちり目が合う。気まずい空気が漂い、ふい、と俺から視線を外すミナさん。

今、絶対関西弁だったよなぁ？「でしょ？」じゃなくて「やろ？」ってはっきり言ったし。尻上がりのイントネーションとか、がっつり関西弁のそれだったし……。

いや、でも、「やろ？」の二文字だけで決めつけるのも早計だろうか。関東じゃないにしても、関西とは別の地方の訛《なま》りかもしれないし。

「ね？　ね？　面白いでしょう？」

標準語のイントネーションに戻ったミナさんが、取り繕うように言う。

「うん、面白い！　コラボカフェも気になってきたし、行ってみようか」

「やったぁ！　ありがとうございます！」

「で、どこにあるんだっけ」

ミナさんは自分のスマホの地図を指差し、俺に言う。

「ここから北に上がったところですね」

ネットカフェの退出時間まであと一時間あったけど、ミナさんに急かされるようなかたちで、俺たちはコラボカフェへと向かった。

十分ほど歩いてコラボカフェに到着。店頭では等身大パネルのキャラクターたちが出迎えてくれた。それを見つけたミナさんが嬉しそうに、きゃあきゃあと声を上げていた。

趣味を共有できた方が、こうして二人で同じことを楽しめるからいいよな。自分が好きなものを俺に知ってもらいたくて、ミナさんは俺に笹本さんを観せたのかもしれない。

いや、と俺は思い直す。俺は彼女にもてあそばれているかもしれないのだ。過度な期待はしない方がいい。俺の推理が正しければ、ミナさんは俺のことを恨んでいる可能性すらある。この無邪気な笑みの裏に、長年の恨みが隠れているのかもしれないことを思い出し、俺は憂鬱な気分になる。

「入りましょう！」

そんな俺の気持ちとは裏腹に、ミナさんは心底楽しそうだ。いや、これも彼女の演技かもしれない。女とはとかく恐ろしい生き物。油断は禁物だ。

「予約していた、あ……ミナです」

本名が聞けるかなと思ったけれど、ミナさんはミナという名前で予約をしていたらしい。正体を明かさないためか……っていうか。

「予約してたの？　俺がアニメを見て気に入らなかったら、どうするつもりだったの？」

コラボカフェの店内は、ほぼ満席。予約がなければ入店を断られていただろう。

「シンジさんなら絶対気に入ってくれると思ってたので、大丈夫です」

「全然大丈夫じゃないでしょ……」

俺の呆れた声に、ミナさんは、ふふふ、と笑った。

店内には様々な大きさのアニメのタペストリーやイラストが所狭しと飾られており、俺は思わず圧倒される。これがコラボカフェか……。女性の嬌声がそこかしこから聞こえてくる。こんなん、好きな人からしたら絶対楽しいよなぁ。隣のミナさんもその多分に漏れず、目をキラキラさせている。

　俺とミナさんは二人掛けの席に案内された。さて何を注文しようかな。メニュー表を開いた。パスタや丼物のようなガッツリした食事もできるし、デザートや様々な飲み物も用意されている。ここにもキャラクターのイラストがちりばめられており、眺めているだけでも飽きることはなさそうだ。

　料理の一部がキャラクターを型取ったものだったり、作品内に登場した食べ物も用意されていた。中には、「笹本が飲み会の帰り道に路上で吐いた○○風リゾット」だとかいう、これ誰が頼むんだよみたいな悪趣味なものもあった。まあ、作風に準拠したブラックジョークの効いたメニューとも言えよう。

　俺とミナさんはお昼を食べたばかりだったので、ケーキセットを注文する。

「コラボカフェって、お客さんが女性ばかりだろうから、男の俺は入りにくいだろうなって思ってたんだけど……これなら問題なさそうだね」

「どういうことですか？」

　店内は女性客ばかりで、見た限りでは男性客は俺一人だった。

「だってみんな、笹本さんに夢中なんだもん。他の客になんて目もくれない」

「確かに、そうですね」

ミナさんは周囲を見回しながら、少しだけ笑った。

運ばれてきたケーキは、イラストが描かれた紙ペラが刺さっただけのものだった。ミナさんだけど、頼んだカフェラテにはラテアートでキャラクターが描かれていた。ミナさんは手を叩き、可愛いー、と興奮していた。

「このコースター、持って帰ってもいいんですよ」

カップに敷かれたコースターを指差しながら、ミナさんが教えてくれた。コースターには、登場人物の一人がランダムで描かれているそうだ。これもコラボカフェの特典の一つだという。

ふと、近くの席に目が留まる。二人客の席に、五つか六つくらいのグラスがあった。そのほとんどに手がつけられておらず、空になっているグラスは二つだけ。

「……」

俺の感情の機微に気付いたミナさんは、俺の視線を追うようにその席に目をやった。少し異様な光景の理由に思い至ったのだろう、顔を伏せて、軽くため息をついた。

「ああ……コースター欲しさにドリンクを大量に注文して、飲み切れないから残しているんでしょうね」

「やっぱりそうなんだね」

コースターに描かれているキャラクターは一人だけで、客にその指定はできない。

ランダムに運ばれてくるコースターを受け取るしかないから、お目当てのものが当たるまで注文している、ということだろう。

好きなキャラクターのグッズが欲しい気持ちは同じオタクとして大いに理解できるが、さすがにああして飲み物を無駄にするのはどうかと思う。案の定、その二人客は多くの飲み物を残したまま退店してしまった。もちろん、全てのコースターを回収して。

「お目当てのコースターが欲しいのはわかるけど、ああいうのを見るのは気持ちのいいものではないね」

俺は率直な気持ちをミナさんに言った。ミナさんは俺の言葉に大きく頷いてみせる。

「シンジさんは、こういった……何て言うか、エンタメのコンテンツから出た、問題とか弊害が、とても……お嫌い、なんですね」

ミナさんが遠慮気味にそう言う。

「ほら、シンジさん、転売ヤーのこともすごく嫌ってましたし……」

「そうだね。自分が好きなことで、非常識な人のせいで嫌な思いをするのって、気分が悪いでしょ？」

どの口がそれを言う。俺の中の黒い感情が首をもたげる。昔の自らの不正を思い出した俺は、顔を歪めてしまった。

ミナさんの前で嫌な表情をしてしまったな。申し訳なく思ったけれど、ミナさんはこちらを見ておらず、顔を俯けていた。

「……」

ミナさんの表情は大きく沈んでいた。

「どうしてミナさんがそんな顔をするの？」

まるで……。

はっ、と我に返ったミナさんが、俺と視線を合わせる。

「い、いえ、なんでもありません！」

「……」

気まずい雰囲気に耐え切れなくて、俺は口を開いた。

「ドリンクを一杯しか飲み切れないなら、ちゃんと一つ注文して、一つのコースターを受け取ればいいのにね。お目当てのものでなくても、それで一喜一憂するのが楽しいと思うけどな、俺は」

万引きをしたことがある人間のくせに。俺の中から声が聞こえてきたが、聞こえないフリをした。ミナさんの前で、もう陰鬱な顔はしたくない。

せっかくのコラボカフェだったのに、なんだか暗い雰囲気になってしまった。

でもこの一件で、俺の中で一つの結論を出すことができた。

コラボカフェを退店した俺たちは、駅への道のりを歩いていた。明日はお互い朝早くからの仕事なので、早めに解散しようということになった。

駅までの道中、先ほどまでの気分を払拭するように、俺は努めて明るく口火を切った。

「俺、ミナさんの出身地がわかっちゃったんだけど、当てていいかな？」

「……」

俺がそう言っても、ミナさんは意外と冷静だった。口を固く結んだまま、俺の方を見やる。

「ミナさんの出身地、俺と同じ京都でしょ？」

「それはわたしが、京都の家電量販店の階層のことを知っていたからですか？　それか、咄嗟に関西弁……のようなものが出てしまったから？」

ミナさんの口調に動揺は見られなかった。それは言い逃れができるという自信があるからか、はたまた言い当てられる覚悟ができているからか。

「まあ、それもあるかな。でもそれだけじゃないよ。ミナさん、マクドナルドのことをマクドって呼んでたでしょ？」

「……」

「マクドっていう呼び方は関西圏特有だからね。こっちではみんなマックって……」

「もし仮にそうだとしても、関西圏の都道府県は京都だけじゃないですよ？」

「そうだね、うん。その通りだ」

京都府民ならではの文化、言い回し。それらの特徴を、俺はミナさんの言動から察することができていた。

「家電量販店の話になった時、こう言ってなかった？　旅行で京都に行ったことがある。日本三景の天橋立に行って、京都の方にも行きました、って」

「……」

「京都府は地図で見たら南北に長い。ミナさんはその北部にある天橋立に行って、南にある京都駅近辺、つまり京都市にも行った」

「……だから、何なんです？」

「京都府民からしたら当たり前に言ってるけど、他府県の人からしたらおかしな風潮なのかもね。俺たち京都人の指す『京都』っていうのは、京都府全体のことじゃない。京都市内、もしくはその一部のことを、単に京都と呼ぶ」

かつては都として栄え、今もなお文化と伝統を守り続けている京都人ならではのプライドがあるとかないとか。昔気質《むかしかたぎ》な人の中には京都市内の上京区、中京区、下京区以外のところを京都と認めようとしない人もいる。

「ミナさんは天橋立に行ったと話して、そのあとで京都の方にも行ったっていう言い方をした。既に京都府の話をしているのに、そんな言い回しをしたよね？」

　ミナさんの表情が次第に険しくなっていく。

「少し前に関東出身の後輩と話したことがあったんだ。その後輩は彼女と旅行で京都御所に行ったらしいんだけど……京都市内っていう言い方をしていたよ」

「……ちょっと言い方はおかしかったかもしれないですけど、京都に行ったことに変わりはないじゃないですか。京都府も、京都市も、両方京都という呼び方で間違いはないでしょう？」

　ミナさんはそう言い訳した。まあ確かにその通りかも。というわけで俺は、最後の証拠を突きつけることにした。

「俺たちがコラボカフェに行こうとした時に」

「……」

「スマホの地図を指差して、ここから北に上がったところにあるって言ったよね？」

　ミナさんは目を伏せ、降参の意を示した。犯人を追い詰める探偵よろしく、俺は言葉を続けた。

「京都市内の地図は、天皇が住んでいたとされる京都御所を中心に、碁盤の目のように上下左右、東西南北に道が伸びている。北方面に行けば、それはちょうど地図上では綺麗に真っ直ぐ上に行くことになる。だから地元の人は、北へ行くことを北へ上がる、南に行くことを南へ下がるという言い回しをする」

地元にはそういう言い回しが浸透しているだけでなく、正式な住所としても採用されている。北上る、南下る、東入る、西入る、という具合に。現に京都市役所の住所は「寺町通御池上る」とある。横に伸びる御池通りから縦に伸びる寺町通りで北に行ったところ、という意味だ。

「以上の理由から、俺はミナさんが京都出身であると判断した。約束したよね？　もし当たっているなら、きちんと認めてほしい」

俺はミナさんの目をじっと見つめる。堪えきれなくなったミナさんが、ゆっくりと首を縦に振った。

俺の推理は当たっていた。それなのに、俺の中には今までのような喜びや達成感はなかった。

「シンジさんは京都出身なのに、関西弁は出ないんですか？」

顔を上げたミナさんが、そんなことを聞いてきた。

「こっちに来てからはずっと標準語だね。別に関西とか京都に強いこだわりはないし」

元々神社仏閣とかにあまり興味はないし、京都人としてのプライドも皆無だ。京都や関西という地方に愛着はあるけれど、それは単純に自らの生まれ故郷であるからというだけだ。北海道に生まれていれば北海道に郷土愛を感じていただろうし、沖縄に生まれていれば……以下同文。

「ミナさんも、俺と一緒でしょ？　ほぼ標準語で喋ってるし」

俺の問いに、ミナさんは頷く。

「同い年で地元も同じ。俺たち、共通点が多いよね」

真顔のままで、俺は言う。ミナさんは俺から視線を逸らし、また、こくりと頷いた。


秋葉原駅でミナさんと別れた俺は、一人電車の中で考えを巡らせていた。今までのこと、そしてこれからのこと。考えれば解決策が見つかるわけもなく、そもそも解決というものが一体どういったものなのかもわからない。

俺とミナさんがいい感じで結ばれて、ハッピーエンドを迎える。それを仮に解決と呼ぶのなら、あまりに難しすぎるだろう。

もう認めざるを得ない事実だけど、俺はミナさんのことが好きだ。彼女ともっとお近づきになりたいし、付き合いたいとも思う。でも彼女は、俺をもてあそぶような態度をとり続けている。職業、年齢、出身地、その全てを俺に教えず、曖昧なことばかりを言って、俺を苦しめようとしている。

俺とミナさんはその昔、関わりを持ったことがある。自らに好意を持たせるように俺をたぶらかし、そして振る。そうすることでミナさんの復讐が達成されるのなら、今のところは彼女の計画通りに事が進んでいると言えるだろう。

ミナさん……ミナ。十年前、学生時代の京都での記憶を思い出し、俺はらしくもなく感傷に浸った。

*

俺が当時、彼女……皆本小夏のことをどう思っていたかというと、自分でもよくわからない。

あの端整な顔立ちは間近で見ているだけでドキドキしたけど、かといってそれが恋なのかと聞かれたら、違うとも思う。

「そんなん、知らんもん！　わたしはスリトレ読みたかっただけやもん！　お小遣いだけで全巻買えるわけないやん！」

今でもあいつの泣き喚く声を、鮮明に思い出すことができる。皆本が漫画シティという違法サイトを閲覧しているところを俺が注意した時、あいつは俺にそう言って泣き出してしまったのだ。

その最悪なきっかけで俺は皆本と関わりを持つことになった。最初こそ気まずい日々が続いたけれど、お互いの好きな漫画とかアニメの話をするにつれ、次第に仲良くなっていった。

ただ、それはあくまで友達としてで、彼女と色恋沙汰になることはなかった。もしかして皆本は俺に気があるんじゃないかと思うことが時々あったけど、それは男のよくある勘違いだと思った。……正確には、そう思いたかっただけなのかもしれない。

これは結果論でしかないけど、俺は皆本と関わりを持ってしまったことで、生まれ故郷を離れることになった。でも、それはあくまで俺自身の判断でそうしたことだから、皆本に恨みを持っているわけではない。

とはいえ、寺町通りを中心とした河原町という場所を、俺は結構気に入ってたんだけどなぁと残念に思う気持ちはある。

老若男女、人種すら多種多様な通行人であふれるアーケード。ジャカジャカうるさいパチンコ屋。入れ替わりの激しい飲食店。脇道に入れば、絶品のつけ麺屋、外国人がやってるケバブの屋台。外国人観光客が様々な刺繍が入ったイカついスカジャンを試着してる服屋……。

ドぎついゴスロリファッションのおねえちゃんが歩いてたって、ホームレスっぽいおっちゃんがその辺で座り込んでたって、誰も気にも留めない。そんな河原町という場所が、寺町通りが、俺は好きだった。

テキトーに学校に通って、バイトして、河原町周辺で散財する。当時の俺は、そんな生活を送っていた。

「滝川！　ギャラクシー・ナイト観てきたで！」

とある日の昼休み、皆本が俺にそう話しかけてきた。

その当時、ギャラクシー・ナイトのエピソード2が全世界同時上映され、世間を賑わしていた。エピソード1を観た瞬間から俺はこのシリーズの虜になっていたので、当然エピソード2も映画館で鑑賞済みだった。

「マジか。で、どやった？」

「あのマスコットキャラが良かった！　口パクパクさせて、めっちゃ可愛かった！」

「……」

いやいやもっと面白かったとこあるだろ。俺は思わず皆本にツッコミたくなる。

今作で敵のボスの正体が明かされたのだ。まずそこから触れるのが普通だろ。

この事実に全世界のファンは度肝を抜かれ、SNSは大騒ぎだ。ネタバレをくらった未視聴民の阿鼻叫喚が書き込まれるたび、俺は同情したくなる。あの驚きを劇場で味わえなかったなんて……それはともかく。

「なあ、皆本」

「なにぃ？」

首を傾げる仕草さえ、様になっている。こりゃ大勢の男子が恋に落ちちゃうのも無理ないよなぁ。じゃあ俺はどうなのか、という疑問を自身に投げかけてみるが、今の俺にはよくわからなかった。

「ムンディもええキャラしてるけどさあ、他にもっとあったやろ？　衝撃の事実が明かされた、的な」

「え？　ああ、あったかな？　なんか主人公が叫んでたような」

「……」

「前作観てへんから、その辺ようわからへん」

「……なんでやねん」

俺は思わず、そう呟いた。

「ちゃんとエピソード1観ろや。観る言うてたやん！」

俺の大声に、二人の女子がこちらに寄ってきた。森田美緒と相葉茉莉花だ。皆本は大体この二人とつるんでいた。

「別にええやん！」

「ほんならお前は、スリトレを二巻から読むんか？」

「……」

皆本が黙り込む。

「ほれみい、物語には順序ってもんがあるんや。ちゃんと楽しみたければ、最初から観なあかん」

「どっから観てもええやん！　わたしは……わたしは！」

森田と相葉が心配そうに皆本を見つめている。このままヒートアップすれば森田が出張ってくるな。それで俺が悪者にされて、おしまい。最近は大体こういう流れで落ち着くのが定番となっていた。

「滝川がギャラクシー・ナイト好きって言ってたから観に行ったんやもん！　滝川と話できると思ったから観に行ったのに、そんな言い方せんでもええやん！」

「お、お……おお」

予想外の皆本の言葉に挙動不審になっていると、森田が冷めた目で俺を見てくる。相葉の表情は前髪でよく見えないが、その奥で少女のように目がキラキラと輝いていた。

「そ、そうかぁ。また今度、気が向いたらエピソード1も観てみぃ」

俺はそう言って、照れを隠すためにその場を離れた。

こういった言動で、皆本は俺に気があるのではないかと思ってしまう。でもまあ、俺の勘違いだろう。俺みたいな男に、あの皆本小夏が好意を持つなんてことは絶対にあり得ないのだから。

学校を終えた俺は、そのままアニメショップのバイトに直行。時刻は午後の四時半だった。平日のこの時間は比較的客の入りは少ない。十代から二十代の若年層が、グッズと書籍の売り場にちらほらといるくらい。

「おざーす」

おはようございますを簡略化したいつもの挨拶で、俺は店の控え室に入った。

なんで朝でもないのに、仕事の一番最初の挨拶っておはようございますなんだろうと、バイトを始めた当初は疑問に思ったものだ。バイトの先輩に聞いてみたところ、時間は関係ない、一発目はそういうもんだと教えてくれた。今日も俺は先輩の教えを忠実に守っている。

「おーう」

店長が気さくに応えてくれた。確か今年で四十になったとか言ってたっけ。ちょっと白髪交じりのお喋りな人だ。デスクのパソコンをいじっている。どうやら勤務シフトを作っているようだ。

「あの紅蓮隊長のくじ、めっちゃ売れてるわ。ヤバいな、あれ」

「でしょうね。人気っすもん、〝紅蓮隊長〟」

「A賞外した客がめっちゃ残念そうにしてんの、もう何べんも見たわ。あぁーとか、くそーとか言うてな」

「ははっ」

店長を任されてはいるけれど、漫画、アニメ、ゲームといった類に全く興味がないらしい。俺がこの店で転売ヤーを初めて目撃した、紅蓮隊長のミラクルくじ買い占めの一件。あの時店長は、全く迷ったり怪しんだりすることなく、転売ヤーに全てのミラクルくじを売るよう俺に指示した。店長からしたら、売り上げがちゃんと計上されるなら問題なかったのだろう。

「そういや、黒木から聞いたでぇ。昨日、滝川の同級生の女子三人がくじ引きに来たらしいやん」

「ああ、そうっすね」

黒木さんとは、この店でバイトしている俺の二つ上の先輩。昨日の、皆本、森田、相葉が来店した時のことを言っているのだろう。裏の控え室から、黒木さんに覗かれていたのかもしれない。

「その中の一人がめちゃくちゃ美人やったらしいやん。滝川と仲良さげに話してたって、黒木が悔しそうに言うてたで。大人しそうな顔して、お前も隅に置けへんなぁ」

そう言って店長はけらけら笑った。美人というのは、十中八九皆本のことだろう。

「ええなぁ。おっさんも若い頃に戻りたいわ」

「ええやないですか。店長はもう結婚してはるんやし。僕なんて一生彼女もできないっすよ」

「ははっ、何言うてんねん」

こうやって軽口を叩きあえる上司が職場にいるって、いいよな。最近の俺は、ここで正社員として雇ってもらえないかなと本気で思い始めていた。人間関係も良いし、周りには俺の好きな商品ばかりが陳列されてるし。いいこと尽くめだ。

「おっさんにええことなんか一つもないわ。今日の昼もトラブル対応でへろへろや。嫌になる」

「へぇー、何があったんすか？」

「いやな、その紅蓮隊長のミラクルくじやねんけど、B賞を引き当てたお客さんがおったんやけど……」

「はあ、それで？」

「B賞の景品が一つ足りひんくて、その引き当てた人に景品を渡せへんかってん」

「……」

ミラクルくじは一箱に百枚。当然、その数と同数の景品が用意されている。A賞なら一つ、B賞なら三つ、という具合に。

そのB賞の景品が一つ足りない。なんだろう。何かが引っかかる。

「もう、そのお客さんめっちゃ怒ってたわ」

それはそうだろう。A賞には劣るけど、B賞の景品である二頭身にデフォルメされた紅蓮隊長の卓上フィギュアも、かなり評判が良い。

「ま、そのB賞相応の商品をお渡しして納得してもらったけどな。ほんまに勘弁してほしいわ。滝川、疑うわけちゃうけど、B賞の景品、どこいったか知らんかぁ？」

「いや……わかんないっす」

俺がレジ番をしている時に盗んだと疑っているのだろうか。心外だったけど、まあ、バイトを疑うのも無理はないかもな。この紅蓮隊長の景品がネット上のフリマで売ればかなりの額になることは、転売ヤーの一件で実証されているのだから。

俺と店長の間に微妙な空気が漂う。その嫌な空気を払拭するように、店長が口を開いた。

「あ、そういや今日、開店してすぐの朝イチでA賞当てた子がおったわ。でもなんか、全然驚きよらんねん。嬉しそうにはしとったけどな」

「朝イチで？」

俺が食い気味で聞くと、店長は少し驚いた様子でこくりと頷いた。朝イチ……この店の開店は午前十一時。そういえば……俺は思い出す。

今日俺のクラスで、欠席をした生徒が一人だけいた。

「店長、その子ってどんな感じの子でした？　男の子？　女の子？　女の子ですよね？　年齢はどれくらいでした？」

「な、なんやねん、いきなり」

「どんな子が当てたんかなって、ちょっと気になって。ねぇ、どんな子でした？」

「なんやそれ。えーとなぁ、確か……」

＊

世間はもうクリスマスムード一色だ。そこかしこで色鮮やかな装飾が目に入り、往年のクリスマスソングも聴こえてくる。小さな子どもを連れた家族、手を繋ぐカップル、友達と楽しそうにお喋りに興じる若者たち、道ゆく人たちは今日という日を満喫するために、それぞれの目的地を目指す。

日曜日の午後四時前。わたしは今、あの時と同じ場所でシンジさんを待っていた。シンジさんと初めて待ち合わせをした、新宿駅前のペンギンの銅像の前で。

シンジさんとの奇妙な再会から、もう二か月以上が経っていた。

わたしはシンジさんに、自分の素性を明らかにしなかった。それなのにシンジさんは、わたしの職業、年齢、出身地まで言い当ててしまった。シンジさんの聡明さは昔から知っていたけれど、まさかここまでとは。でも、自分の正体が徐々に明かされていくことに対して、不思議とわたしが危機感を覚えることはなかった。

自らの正体が明かされることをどう思っているのか。それは自分でもわからなかった。

今日はわたしの夜勤明けということで、この時間に落ち合おうと、シンジさんが決めてくれた。お昼時を過ぎ、夕飯にはまだ早いこの時間に。

駅の方から、一人の男性が姿を現す。グレーのコートに、下はジーンズ。シンジさんだった。わたしの姿を見つけると、こちらへと駆け寄ってくる。もちろん、わたしが最初にシンジさんと待ち合わせした時みたいに猛ダッシュってわけじゃなくて、小走りくらいで。

あの時の自分の慌てようは、今思い返しても恥ずかしくなる。人の前で息を切らしてしまうほどの全力疾走を見せてしまったことへの羞恥心は、未だ拭いきれない。

「待たせちゃってごめん」

「いいえ、今来たところだから、気にしないでください」

まるで恋人同士のような掛け合いに思わず顔が崩れそうになるのを、わたしはぐっとこらえた。

「ちょっと、歩こうか」

「え？　あ、はい……」

少しぶっきらぼうに、シンジさんは言った。ちょっと怖いな。わたしは一抹の不安を覚えながらも、シンジさんについていく。

二人並んで歩道を歩く。目的地はわからない。方角的には、新宿駅西口の方に向かっているみたいだ。

「そういえば最近、ワタオモのアニメを観返したんだ」

「えっ……ああ、そうなんですね」

いきなりシンジさんから、そう話題を振られた。

「まさに少女漫画の王道って感じ。悪く言えば捻りがないとも言えるけど、でもやっぱり、王道のストーリーには面白さが詰まってるし、安心して観れるよね」

「そうですね」

「主人公の千歳は、見た目は冴えないし、中身も暗くて内向的な女子高生だった」

「……」

「ひょんなことから陽子というギャルと友達になり、その陽子からメイクの手ほどきを受ける。髪型も変えてイメージチェンジ。すると、今までの千歳からは想像もできないほど、誰もが振り向く可愛い女の子へと変貌する」

「……はい」

「女子の憧れの存在、風間くんと関わりを持った千歳は、陽子のサポートもあり、次第に彼と親しくなっていく」

「……」

「千歳本来の優しさに、他者と関わりを持とうとする積極性が芽生え始める。千歳の魅力に気付いた風間くんは、次第に惹かれていく。かくして二人は、誰もが羨むベストカップルとなったのだった」

「……そうですね」

十年以上も前に連載が終わり、アニメも放送終了し、実写映画化もされたこの作品は、今なお根強い人気を誇っている。そのワタオモのあらすじを、今更ご丁寧に説明するシンジさん。どうしていきなり、そんなことを……。

「俺、ミナさんの正体がわかったんだ」

交差点の横断歩道前。赤信号で歩みを止めたタイミングで、シンジさんは突然、こともなげにそう言った。

「……えっ」

声にならない声が、わたしの口から漏れる。

「職業、年齢、出身地。ここまでミナさんのことを俺は言い当てることができた。だから今度は……」

「……」

「君の正体を言い当てようか」

わたしの目を真っ直ぐに見据え、シンジさんは言う。歩行者信号は、未だ赤のままだった。

心臓の鼓動があり得ないくらいに速まり、口の中がからからに渇く。

これは罰だ。わたしは自ら背負った罪から逃げてはならない。その決意だけが、わたしの胸の中にあった。

「俺とミナさんは昔、同級生だったよね？」

シンジさんのその問いかけに、何故かわたしの胸が躍った。

わたしはシンジさんに、自分の正体に気付いてほしいと、心の底では思っているのだろうか？　わからない、わからない、わからない。自分の気持ちが……真意が、わからない。

「懐かしいね。まさかこんなところで、京都から離れたこの東京の地で、こんな形で再会できるなんてね」

わたしの心臓が大きく脈打ち、手が震え、視界がぼやけていく。それでもわたしは、彼から目を逸らさなかった。

「ミナさん、君の正体は……俺の高二の時のクラスメイト、相葉茉莉花だね？」

歩行者専用信号が、青に変わった。

第五章　君の正体を言い当てよう

わたしはまるで、ワタオモの千歳のような、冴えない人生を送ってきた。長い前髪で目を隠した、内向的で暗い、陽子に出会う前の彼女のような。

大阪からほど近い、京都南部の片田舎。そこでわたしの、色鮮やかなわけでは決してなく、かといって不幸とも言い切れない、ありふれたぱっとしない人生が始まった。

わたしに兄弟はおらず、一人っ子だった。地元の工務店で働いていたお父さんは、給料のほぼ全てを競馬やパチンコなどの賭け事に注ぎ込んでいた。我が家の家計は、看護師として働くお母さんに支えられていた。当然わたしに与えられるお小遣いは、他の同級生たちとは雲泥の差だった。

碌《ろく》でもない父親だったけれど、ドラマとかでよくあるような、家庭内暴力をふるったり、暴言を吐いてわたしやお母さんを怖がらせるようなことはなかった。声を掛けてくれることもまああったし、わたしに何かを買ってくれることがないわけではなかった。ただ働き、自分の道楽のためにお金を使い、家に帰ってきて、寝る。そこにいてもいなくても、どちらでもいいような父親だった。

だからこそ、わたしが夏生まれだからという理由で、夏に咲くマツリカの花から茉莉花という名前をつけてくれたことを知った時は嬉しかったし、高校入学の時に気まぐれでエピックギア・ポータブル3のスケルトンカラーを買ってもらったことは鮮明に憶えている。

とはいえ、わたしは基本的にお父さんのことを軽蔑していた。よその家のお父さんが家族のために働いていることを話では聞いていたので、自分の父親のことを、家にお金を入れない駄目な親としてしか見られなかった。

そしてそんなどうしようもない夫に甲斐甲斐しく世話を焼くお母さんのこともまた、わたしは少しだけ軽蔑していた。どうしてこんなにもだらしない、何の魅力もない男性と結婚したのだろう。わたしはもっと素敵な人と結婚するんだ。そう、ワタオモの風間くんのような、素敵な男性と……。

そんなふうにお母さんという存在すら軽んじていたわたしが、お母さんと同じ看護師になるという将来の目標を立てたのは、ある意味で必然だった。人のために病院で働いているということが、唯一お母さんの尊敬できるところだったからだ。

せめてお母さんと同じ職業に就くことで、少しでもお母さんのことを好きでいられたら。そんなネガティブな理由で、わたしは自らの進路を決めたのだ。


肉親のことを軽蔑しながら生きてきたわたしに、きらきらした学校生活が送れるはずがなかった。友達がいないわけではなかったけれど、クラス分けの運が悪ければ、誰一人話せる子のいない教室で一年間を過ごすことも少なくなかった。

だからこそ、彼女はわたしにとって、ワタオモにおける陽子のような、太陽のような存在だった。

彼女は学園のマドンナと言っても言い過ぎではないくらい、男女問わず人気のある子だった。そんな子とわたしのような人間がお近付きになれたこと自体が、本当に文字通りの奇跡と言ってよかった。

高校二年になったある日、登校すると突然教室で声を掛けられたのだ。

「あっ、紅蓮隊長やん！」

わたしが鞄にぶら下げていたぬいぐるみキーホルダーが気になったようだった。

「あ……う、うん」

「すごーい！　めっちゃ可愛い！　どこで買ったん？」

「え、あ……買ったんじゃなくて、寺町通りのゲーセンでクレーンゲームで取ってん」

「そうなんやぁ。めっちゃええやん！　欲しいぃぃぃぃ！」

彼女の後ろから、森田美緒が近付いてくる。

「へぇー、可愛いやん」

森田さんはわたしのキーホルダーを見て、本当に興味があるのかないのかわからないような感じで言った。

「やろぉー？　わたしもこれ取りたいなぁ～」

「最近、紅蓮隊長にお熱やもんなぁ」

「あ、そや。今日相葉さん、放課後空いてる？」

「えっ、あ……うん」

「一緒にゲーセン行ってくれへん？　わたしにこれの取り方、レクチャーしてぇや」

突然のお誘いに、わたしは声が出なかった。声を掛けられただけでも驚きなのに、まさかお誘いを受けるなんて。戸惑いながらも、わたしはかろうじて首を縦に振り承諾した。

「ほんまに⁉　ありがと！」

それがわたしと彼女、皆本小夏との交流の始まりだった。


わたしがアニメや漫画に詳しいことを知ると、小夏ちゃんはオススメの作品を聞いてくるようになった。わたしはそのリクエストに応え、自分の好きな作品を色々紹介した。その度に感想を聞かせてくれる小夏ちゃん。屈託がなく、誰とでも分け隔てなく接する彼女のことが、わたしは好きになっていった。

その小夏ちゃんといつも一緒に行動している森田さんとも、必然的に接する機会が多くなった。わたしは森田さんとも仲良くなりたかったけれど、向こうはそんなことこれっぽっちも思ってくれてはいないようだった。森田さんはただ小夏ちゃんのことが好きなだけで、わたしのことはどうでもいいようだった。それどころか、自分と小夏ちゃんの仲を阻害する存在としてわたしを見ていたところもあった。

わたしはただ、三人で仲良くしたかっただけなのに。森田さんのことを美緒ちゃんと呼んでみたことがあったけれど、露骨に嫌な顔をされてしまった。それ以来、森田さんとは一定の距離を取るようにしていた。

あの皆本小夏の近くに、わたしのような冴えない女子がいることが納得できないといったような共通認識は、クラスの女子にもあったように思う。みんながそう思うのも仕方のないことだ。わたしと小夏ちゃんとじゃ、友達として釣り合っていない。それは、わたしが一番痛感していたことだから。

小夏ちゃんは美人で性格もよく、おしゃべりなので、当然のように異性から好意を持たれることが多かった。大勢の男子から告白されていたみたいだけれど、その全てを断っていたようだ。

小夏ちゃん曰く、ちょっと喋ったことがあるだけで、お互いのことをよくわかっていないのに付き合ってくれと言われてもどうしていいかわからない、だそうだ。まあ確かに、その通りだなと思った。

そんな小夏ちゃんにも、異性として好意を寄せる一人の男子生徒がいた。彼の名前は滝川慎司。クラスではあまり目立たない男子生徒だった。

滝川くんと小夏ちゃんが仲良くなったきっかけは、ある海賊版サイトをめぐる教室での大喧嘩だ。そして、二人の喧嘩を目撃したことが、わたしがこの罪を背負う一連の発端になったと言える。罪深く、欲深いわたしの……滑稽で、浅ましい行い。十年にもわたる、希望と失望に溢れた物語の、その始まり。

周囲の心配をよそに、すぐに仲直りした小夏ちゃんと滝川くんは、教室でよく喋るようになった。その話題のほとんどは、漫画やアニメなんかのエンタメ関係。会話の内容を聞いてみると、滝川くんの知識量が相当なものだということがわかった。アニメの声優や監督の名前、さらには作画監督とかＢＧＭを担当する作曲家の名前まで出てきた時は、思わず感嘆した。もしかしたら滝川くんは、わたし以上のオタクなのかもしれないと思った。

小夏ちゃんが誰かと話をしている時、わたしは何気ない風を装って近付いてみる。女子と漫画やアニメの話をしている時に近くにわたしがいると、小夏ちゃんは、「あ、そういえば茉莉花もこの漫画好きやったやんなー！」といった感じで会話に入れてくれるからだ。自分から会話に入る勇気がない、でも話に加わりたい。だからわたしはそうやって、小夏ちゃんの影響力を利用して女子の輪の中に入れてもらっていたのだ。なんてズルいやり方だろうと、自分でも思う。

でも、小夏ちゃんは滝川くんと二人きりで喋っている時は、そうやってわたしのことを会話に入れてくれることはなかった。もう誰がどう見てもわかることだけれど、小夏ちゃんは滝川くんとの二人きりの会話を楽しんでいた。

森田さんが強引に二人の間に割って入った時に、どさくさに紛れてわたしもその場にいる、くらいのことしかできなかった。

わたしは小夏ちゃんと滝川くんの仲を応援してあげたいと思っていたけれど、森田さんはそうでもなかったのかもしれない。もし二人がお付き合いを始めたら、森田さんが小夏ちゃんと接する時間が少なくなるからだ。

森田さんがどう思っていたかは正確に知る由もなかったけれど、小夏ちゃん自身は滝川くんと積極的に関わりを持とうとしていた。

ある時、小夏ちゃんの提案で、滝川くんがアルバイトをしているアニメショップに三人で遊びに行くことになった。その当時、豪火の剣の登場人物、紅蓮甲須賀ノ助善友のミラクルくじが販売されており、滝川くんのいる店でくじを引こうということになったのだ。大勢のオタクの多分に漏れず、わたしももちろんA賞の1／7フィギュアが、喉から手が出るほどに欲しかった。

「絶対A賞、当ててやる！」

小夏ちゃんも気合十分だったけれど、結果から言うと、三人ともA賞を持ち帰ることはできなかった。

＊

わたしたち三人が、滝川くんのバイト先でミラクルくじを引いた二日後の朝。元気いっぱいに小夏ちゃんが挨拶をしてくれた。

「おはよ！　茉莉花」

「お、おはよ」

わたしはいつも以上に言葉がつかえてしまう。小夏ちゃんの目を直視できなかった。

「あれ、なんか元気ないやん。やっぱり昨日、調子悪くて休んだん？　大丈夫？」

「……うん、大丈夫」

「あ、A賞当たらへんかったからショックで寝込んでたん？　美緒と話しててん」

そう言ってけらけら笑う小夏ちゃん。わたしは顔を俯け、何も答えられなかった。

「ほんまにしんどいんやったら無理したらあかんで？　先生に言おか？」

わたしは首を横に振った。

「具合悪かったら、ちゃんと言いや？」

心配してくれるのは嬉しいけれど、これ以上小夏ちゃんの優しさに触れると辛い。

こくりと頷いて、わたしは言った。

「ありがとう。大丈夫やし……うん」

そこでちょうど予鈴が鳴り響いた。小夏ちゃんは心配そうな顔をしつつも、自席に戻っていった。


それから数日が経っても、わたしの心が晴れることはなかった。何をするにしても、胸の中にもやもやが溜まったままで、暗い気分が続いた。元々暗い人間が暗い気分になるのだから、それはもう酷い状態だった。

せっかく話しかけてくれた小夏ちゃんとも、漫画やアニメの話でも盛り上がれず、申し訳ない気持ちになる。

「なあ、相葉」

一限目の休み時間になってすぐ、思わぬ人物から声を掛けられた。

滝川慎司。わたしの席のそばでこちらを見ている。滝川くんは身長が高く、わたしが座っていることもあって、かなり高い位置から見下ろされる形となった。その圧迫感と、滝川くんから声を掛けられた驚きで、わたしの体は固まってしまった。

「……な、なに？」

「今日の放課後、阪急長岡のマクド、来れるか？」

突然のお誘いに、わたしは開いた口が塞がらなかった。

「え……」

男子に呼び出されるといっても、滝川くんの表情はどう見てもそういう感じじゃない。緊張や高揚とは程遠い、不安や憂い、そして……恐れ？　滝川くんは何かを恐れている？

「相葉に聞きたいことがあるんや。学校で長話して皆本と森田に変に勘繰られんのもやっかいやろ？」

滝川くんは苦笑しながらそう言った。

「正直に言うと、相葉にとっては嫌な話になると思う」

「……えっ」

「誘っといてこんなこと言うのもアホみたいやけど、相葉が来たくなければ別に来んでもええしな。この件は無かったことにするし、誰にも言わへん。とりあえず俺はマクドで待ってる」

「……」

「相葉が来おへんかったら、俺はポテトつまみながらゲームするだけや」

滝川くんはそう言って、あっけらかんと笑った。そして小夏ちゃんと森田さんの方をちらと見やってから、教室を出ていった。

放課後、わたしは家に帰り、自室に閉じこもった。室内をぐるぐると歩き回り、同じことを何度も何度も繰り返し考える。滝川くんに会うべきか、会わないべきか。もし会ったとして、どのような対応をすればいいのかを。

多分、というかほぼ確実に、滝川くんは気付いている。それは彼の物言いから察することができた。そしてそれは……わたしにとって、誰にもバレてほしくないことだった。

もしわたしが間違った言動を選んでしまい、滝川くんの機嫌を損ねてしまえば、わたしはクラスでひとりぼっちになってしまう。そんなの、絶対に嫌だ。

わたしは小夏ちゃんと友達になれた。そのおかげで、かろうじてクラスに馴染めているのに……いや、馴染めていると思っているのはわたしだけかもしれない。わたしが本当に友達と呼べるのは、小夏ちゃんだけ。その小夏ちゃんすら失ってしまうかもしれない。どうしようもない現実に思い至り、わたしは絶望した。

なにより、こんな状況になっても自分のことしか考えられない自分に嫌気が差す。なんてわたしは卑しい駄目な人間なのだろう。

机の上にある全長三十センチメートルほどの人形に目を移す。途端に罪悪感が全身を駆け巡る。

自室を飛び出すと、わたしは鞄も持たず制服姿のまま、阪急長岡天神駅を目指して自転車に飛び乗った。

マクドナルド店内は混んでいた。学生、子どもを連れたお母さん、サラリーマン然としたスーツ姿の人たちが、正面のレジカウンターに列を作っている。一階を見回しても滝川くんの姿はない。わたしは迷うことなく、二階席へと向かった。

階段を上り終えてすぐ、二人掛けの席に彼を見つけた。制服姿の滝川くんは携帯ゲームをプレイしている。あれはエピックギア・ポータブル3。わたしも持っているからすぐにわかった。わたしのはスケルトンカラーの、お父さんからプレゼントされたやつ。

恐る恐る、彼に近付いた。

「おう、相葉ぁ。ちょ待ってな。このクエストすぐ終わらせるし」

わたしの姿を視界の端で捉えた滝川くんは、そう言いながら忙しなくボタンを押している。テーブルに置いてあるトレイには食べかけのフライドポテトとドリンク。わたしは向かいの席に座って、言われた通り待つことにした。

「あああぁ、アカンかった……やられてもうた」

しばらくすると、滝川くんはそう言ってのけ反り、ゲームのスイッチを切った。

「滝川くん、学校終わってすぐに、直接ここに来たん？」

「せやで」

　ということは、滝川くんは学校にゲーム機を持ち込んでいることになる。先生にバレたら、指導対象となってしまうだろう。

「バイトは?」

「今日は休みや」

　アルバイトは校則で禁止されている。にもかかわらず、滝川くんはアルバイトに精を出している。そういうところは不真面目なのに、漫画シティなんかの海賊版や転売ヤーに怒りを覚えるほどに、生真面目さを発揮することもある。

「あ、ちょっと話長くなるかもやから、下でなんか飲みもんでも買うてきぃや。俺が誘ったから、俺の奢りや」

　滝川くんはわたしに、五百円玉を渡してくる。

「……いいよ。喉渇いてへんし」

「いやいやいや、ここに座って時間過ごすんやったらなんか注文せなあかんやろ。飲まんのやったら俺が代わりに飲むから、なんか買うてこいって」

　慌てて家を飛び出したわたしは、小銭の持ち合わせがなかった。

「……」

　この人は本当に、真面目なのか不真面目なのかわからない。

財布を忘れてしまったわたしは、滝川くんに貸してもらったお金でアイスカフェラテを注文した。学校で必ず返金することを約束して、差したストローに口をつける。

「さて……相葉に質問したいことが二つほどあってな」

そう言って、滝川くんは真顔のまま話を切り出した。わたしの心臓が、大きく跳ねる。覚悟を決めたはずなのに、どうしようもなく狼狽してしまう。

「まあその前に、ちょっと世間話に付き合ってくれや」

「え、うん……」

「ミラクルくじで被ったB賞、結局皆本にあげたんやんな。皆本、喜んどったやろ?」

わたしはその問いに、わずかに顎を引いて答えた。滝川くんのバイト先とは別の店でB賞を引き当てて、滝川くんの店でもB賞を受け取った。だから一つを小夏ちゃんのE賞と交換してあげたのだ。

「ほんでな、お前ら三人がウチの店来た次の日にな、トラブルがあったんやって。B賞の二頭身のフィギュアが足りなくて、お客さんに景品渡せへんかったたって。店長が言ってたわ」

「……」

「まあ、結局それ相応のもん渡して、納得してお帰りいただいたけどな」

「そう……なんや」

わたしは少しだけ、胸を撫で下ろす。

「相葉はB賞を最初の店で引き当てた。百分の三の確率。よう引き当てたよな。しかもその日のうちに、ウチの店でもB賞を引き当てよった。すごい確率やんなぁ。二回連続やで？」

「……うん」

「ほんでその次の日、ウチの店でB賞の景品が無いというトラブルが起こった」

「……」

「B賞、B賞、B賞。なんかようB賞って言葉を耳にするなぁって、ちょっと違和感を覚えたんや」

「そう……」

「そんなこと考えてたら、色々気付くことがあってな。三人が最初に行った店の店員が使用済みのくじを回収せえへんかったこととか、開けにくいことで有名なミラクルくじを皆本が手こずらんと一発で開けたこととか……」

「……」

「その次の日に、相葉が学校休んだこととか」

わたしは滝川くんの方を見られなかった。テーブルの一点に視線を落とし、断罪の時を待つ。まるで、判決を待つ被告人にでもなった気分だった。

「一つ目の質問」

大きく溜めを作って、滝川くんはわたしに聞いた。

「皆本が引き当てたはずのA賞のフィギュアは今、相葉の手元にあるんちゃうか？」

「……」

「相葉は皆本が手に入れるはずの紅蓮隊長のフィギュアを、パクってもうたんやろ？」

判決は有罪。どうやらわたしは予想通り、罰を受けなければならないようだった。

「これはただの俺の想像や。もし違うんやったらちゃんと否定してくれ。な？」

そう前置きをしてから、滝川くんは続けた。

「相葉は最初の店でB賞を引き当てた。この事実がまず大前提。そこまでは何の問題もない。誰も悪くないし、相葉が二頭身フィギュアを手に入れられて、ただハッピーなだけ」

わたしは探偵に追い詰められる犯人よろしく、顔を俯けている。

「ここからや。ここからが問題。まずその店の店員は、回収せなあかんはずの開封済みのくじを回収せえへんかった。相葉はB賞のくじを手元に持ったまま店を出た」

悪用防止のために、開封済みのくじは店側が回収する。そういうルールが設けられていた。

「そして三人は、俺の働く店でまたミラクルくじを引いた。ここまではええか？」

滝川くんがわたしにそう聞いてくる。そんなこと聞かなくても、滝川くんの推理は十中八九当たっているだろう。

「三人はくじを引いて、森田と相葉は早々に、あのクソ開けにくいくじの開封に取りかかった。でも皆本はそのくじをレジ台の下の鞄置き場に置いて、神頼みをしだした。ほんま、あいつはアホや」

無反応のわたしに構わず、滝川くんは続ける。

「そこで俺は皆本をおちょくった。祈っても意味ないから早よ開けろやとか言うてな。俺と皆本がぎゃーぎゃー騒いでる間に、二人はくじを開封する。相葉は……」

「……」

「相葉は多分、あの三角形のくじの一辺だけを開封したんちゃうか？　言ってみれば、半開封ってとこか？　その状態でも中身を確認できてしまったんやろなぁ。それか中を覗き込んで、印刷されている文字を確認した、か」

滝川くんの言っていることは合っている。わたしはくじを一辺だけ開封した。そこで中身が見えてしまったのだ。Eのアルファベットが。

「相葉はがっかりしたやろなぁ。相葉ももちろんA賞が欲しかったやろし、九百円という決して安くないカネを支払ってラバーキーホルダーを当てても、まあ残念に思うよな」

「……」

「でも、相葉の目の前には……未開封のくじが一枚あった。鞄置き場にある、皆本のくじが」

胸がずきずきと痛み、目に涙が溜まる。この場から逃げ出したくなる衝動をかろうじて堪え、滝川くんの推理を聞く。

「そこで相葉は魔が差した。自分の半開封のE賞のくじと、皆本の未開封のくじを、こっそり取り替えた」

わたしの口から、うめき声が漏れる。

「相葉は自分のくじを開けるフリをして、皆本のくじを開ける。そしたらどうや、開けてびっくり！　なんとAの文字が刻まれてた」

あの時の驚きは今でも鮮明に覚えている。本当に口から心臓が飛び出るかと思った。

「そこで普通に、A賞当たったー！　って相葉が言うてても、まあ誰も疑わんかったやろなぁ。うおー！　すげー！　ってみんなで騒ぐだけやった。けど相葉は……」

「……」

「その場でA賞が当たったことを言えへんかった。やましいことが心にあるやつの考えてることは、まあ大体わかる。罪悪感を持ってもうたんやろ？」

滝川くんは頭が良いだけでなく、人の気持ちを理解できる人らしい。人の心の動きを繊細に感じ取れる。小夏ちゃんが好きになってしまうのも当然だと、わたしは場違いなことを思った。

「だから相葉は、鞄からさっきの店で引いた未回収のくじを取り出して、またそこで取り替えを行った。これが相葉が、B賞を二回連続で引き当てた裏の事実。どうや、当たってるか？」

「……」

「皆本がくじを開けんのに手こずらず、すぐに開けられたんは……」

「わたしが半分開けてたから。そやから小夏ちゃんは簡単に開封できた」

滝川くんの推理を認める代わりに、わたしは彼の言葉を引き継いだ。

「次の日、ウチの店でB賞の景品が足らんくなった。そらそうなるわな。よ、そ、か、ら、B、の、ア、ル、フ、ァ、ベ、ッ、ト、が、刻、ま、れ、た、く、じ、が、持、ち、込、ま、れ、て、そ、の、ま、ま、B、賞、の、景、品、を、渡、し、て、も、う、たんやから、必然的に景品が一つ足らんくなる」

お店にまで迷惑をかけてしまった。わたしの罪悪感はさらに重くなる。なんて馬鹿なことをしてしまったのだろうか。

「相葉は次の日に学校を休んで、朝イチにうちの店に来店。箱の中身が売り切れてしまったら意味ないからな。九百円払って、皆本からパクったA賞のくじを手に握りしめながら、ミラクルくじの箱に突っ込む。手を引っこ抜いてくじを開封するフリをすれば、完全犯罪の成立。相葉はこっそりと、誰にも知られることなく、紅蓮隊長の1／7フィギュアをゲットした」

完全犯罪、か。滝川くんが何気なく言ったその単語は、わたしの心に深く突き刺さった。

「店長が言うてたわ。A賞を引き当てた女の子、嬉しそうにはしてたけど、あんま驚いてへんかったって。そらそうやわなぁ。相葉はA賞を受け取るために、くじを引くポーズをとっただけなんやからな」

「……うん」

「その子、どんな感じの子でしたかって店長に聞いてん。そしたら……」

「……」

「目を前髪で隠した女の子やったって教えてくれたわ。それ聞いた瞬間、俺は確信した。相葉がやってもうた事の顚末を、な」

自らの推理を誇るでもなく、滝川くんは無表情のままそう締め括った。

紅蓮甲須賀ノ助善友というキャラクターは、わたしにとって太陽のような存在だった。豪快で優しい性格と、作中最強とも謳われるその剣術の腕。残念ながら中盤で主人公を庇って戦死してしまったけれど、その劇的な死に様もあり、主人公すらも食ってしまうほどの人気を博していた。

死してなお多くの人たちの心に在り続ける彼の勇姿。わたしの人生においても、事あるごとに彼は勇気を与えてくれた。辛かった受験勉強、人間関係に疲弊した学校生活、常に孤独を感じていたわたしの人生に、彼は一条の光を差してくれていた。

たかが漫画のキャラクターにそこまで肩入れするなんておかしいと思うだろう。身近に接することができる人ではなく、生身の人間ですらない。架空の人物に生きる希望をもらったと大真面目に言っても……オタクという人種がある程度認知されている今でも、普通の人からは白い目で見られてしまうだろう。

それでもわたしは、胸を張って言える。わたしは彼のおかげで、ちゃんと人として生きられているのだ、と。

彼は、小夏ちゃんと友達になるきっかけすらも与えてくれた。彼のぬいぐるみキーホルダーを見つけてくれた小夏ちゃんが、わたしに声を掛けてくれたのだ。

わたしに生きる希望だけでなく、チャンスすらも与えてくれる。なんと素晴らしい人だろうか。彼が実在しないという認識はあったけれど、わたしにとって彼はもう、特別という言葉だけでは済ませられない存在になっていた。

だからこそ、ミラクルくじのA賞の景品が発表された時、わたしは必ずこれを手に入れなければならないと思った。紅蓮甲須賀ノ助善友の１／７フィギュア。これさえあれば、これを手に入れられれば……わたしはこれからの人生において、どんな困難にも立ち向かうことができるだろう。本気で、そう思った。

圧倒的クオリティで制作された彼のフィギュアを、わたしは喉から手が出るほどに欲した。それと同時に、これはわたしの手元にあるべきだという、禍々《まがまが》しい欲望がわたしを支配していた。

結果から言うと、わたしはその1／7フィギュアを手に入れることができた。部屋に飾った時、わたしの心は大いに満たされた。

燃えるように流れる髪、力強く表現された目、風にたなびく着物、太刀筋から噴き出す炎。忠実に原作を再現した現物を目の前にし、わたしの心は躍った。

すごい。すごい。すごい。格好いいとか、綺麗とか、そういった言葉では表現できない凄みが、そのフィギュアにはあった。

生きていて、よかった。大袈裟なんかではなく、心の底からそう思った。これでわたしは今までのわたしを捨てて、強く生きることができる。小夏ちゃんの隣にいてもおかしくないような、素敵で格好いい女になれる。森田さんとの関係に悩むわたしとはもうおさらばだ。自分で自分と付き合う人を選べるような、そんな人になるんだ。受け身だった今までを反省し、自発的に、自らの人生を歩むんだ。

何かに取り憑かれたような、そんな前向きな気持ちが続いたのも半日だけだった。

それ以降は、またいつものネガティブなわたしに戻ってしまっていた。

結局わたしの心に残ったのは……深い罪悪感と、自らへの失望だけだった。


「滝川くんはこのことを、小夏ちゃんに話すんやんな？」

「うん？」

深刻なわたしの声色とは裏腹に、滝川くんは少し間の抜けた反応をした。

「滝川くんは転売ヤーとか、漫画シティ作った人とか、自分の好きなエンタメとかサブカルに対して悪いことしてる人たちのことをすごく嫌ってる」

「……ああ、まあ、な」

滝川くんの表情は、何故か複雑だった。

「わたしはハズレくじを小夏ちゃんに押し付けた。そして、A賞を小夏ちゃんから奪った。正義感の強い滝川くんのことやから、悪いことをしたわたしのことが許せへんのやろ？」

「……」

「わたしの、したことを……小夏ちゃんに、クラスのみんなに言うんやろ？　そしたら……」

わたしに裏切られた小夏ちゃんは、大きく傷付くことになるだろう。その罪悪感を背負いながら、わたしは学校生活を独り寂しく送ることになるのだ。

あんな優しくて素敵な女の子を裏切ってしまった。取り返しのつかないことをしてしまった。わたしの体を、じわじわと絶望が蝕んでいく。

目から大粒の涙が零れる。隣の席のカップルらしき男女が、わたしを驚いた目で見やる。痴話喧嘩に見えているのかもしれない。その男女は、無表情の滝川くんに非難の目を向けた。

違う。悪いことをしたのはわたしだ。自業自得で、勝手に泣いているだけだ。

「教室でも言うたと思うけど、俺は相葉がこの場に来おへんくても、誰にもこの一件を言うつもりはなかった。もちろん、今も誰にも言うつもりはない」

「……なんでなん？」

「なにがや」

「滝川くんは自分の考えが正しいかどうかを確かめたかったんやろ？　わたしが悪いことしたんは本当やねんから、みんなにバラしたらええやん。それとも滝川くんは……わたしをおちょくるためだけに、わざわざここに呼び出したん？」

自分が惨めでたまらなかった。取り返しのつかないことをしてしまって、それが第三者にバレてしまって、わたしはこうして問い詰められている。

もうおしまいだ。わたしの学校生活、人生、全てが……。わなわなと手が震え、心臓がどくどくと、うるさいくらいに鼓動する。

「おい、相葉」

滝川くんの声で、わたしはかろうじて顔を上げた。滝川くんの表情は、何故かわたしと同じように苦悶に歪んでいた。意を決したように咳払いをした滝川くんは、わたしにこう言った。

「今から相葉に、俺のくだらん自分語りを聞かせたるわ」

「……」

「俺らが小学生の頃にな、マジクリカードがめちゃくちゃ流行ったやろ？」

「……え？　な、なに？　何の話？」

「ええから黙って聞いてくれっ」

滝川くんの気迫に押され、わたしは口をつぐんだ。その表情が真剣そのものだったから。

そこから滝川くんは、自らの長い昔話を語り始めた。

「俺んちは貧乏やったから、俺は友達から余りもんのカードもらって、少ない小遣いでちまちまデッキを強化しとったんや。そんでも、周りの友達との戦力の差は歴然やったな。ほんまに、全然勝てへんかった。俺のデッキはまあ、寄せ集めみたいなもんやったからな」

「ん……うん」

　わたしは曖昧な返事しかできなかった。滝川くんがこの状況で、そんな話をわたしに聞かせる意味がわからなかった。

「ほんでな」

　その瞬間、滝川くんの目に暗い影が落ちる。

「少ない小遣いはたいていデッキ強化しても、ずっと負け続けんのが悔しくてな、俺は近所の文房具屋で……」

「……うん」

「マジクリカードの十枚入りパックを、パクったんや」

「……」

「万引きや。万引き」

　そこから滝川くんの声のトーンは、一段階下がったような気がした。忌々しい記憶を語るように、彼はゆっくりと言葉を紡いだ。

「万引きした十枚入りパックに、なんとフレアドラゴンのキラカードが入っててん。そのカードはめちゃめちゃレアでな。能力もめっちゃ高いねん。フレアドラゴンを軸にしたデッキを構築してな、そこから俺は連戦連勝や。もう最高の気分やったわ。

そんでな、当時ユウヤって友達がおったんやけど、そいつは当初の俺みたいに寄せ集めのデッキでずっと対戦しとったんや。もちろん負け続きやったけど、楽しそうにしてたなぁ。

ユウヤ見てたら、自分がやましい手を使ってフレアドラゴンを入手したこととか、それで連勝してることとかが、なんか嫌になってきてん。

ちゃんとカネを払って手に入れたんやったら、俺はフレアドラゴンを手に入れたことを素直に喜べたはずなんや。でもこのカードは、万引きという犯罪行為で手に入れたもんや。

なんで俺はユウヤみたいに、純粋に、普通にカードゲームを楽しめへんかったんやろって思えてきたんや。そしたら手元にあるフレアドラゴンのカードが……なんか俺にとっての……呪いみたいに思えてな。

前置きが長くなったけど、まあ俺が何を言いたいかと言うと……。

「今、相葉の手元にあるA賞の紅蓮隊長のフィギュアやけど……断言したるわ、あれは絶対に、相葉にとっての呪いになる」

呪い。その言葉が持つ禍々しさで、わたしの背筋が凍った。それは、わたし自身が滝川くんの言うことに納得しているからだろう。

「この一件の真相に気付いた時、最初はもちろん腹立ったわ。相葉は皆本のくじを不正に取り替えて、誰にも知られることなく、お目当てのA賞をこっそり手に入れたんやからな。でも……」

「……」

「三人がウチの店に来て、その次の日に相葉が学校休んで、その次の日に相葉が教室で皆本と喋ってた時、あの時の相葉の表情を見て俺は思い出したんや。小学生の頃の、自分の過ちをな」

カードを万引きして、レアカードを引き当てたこと。それを使って、連戦連勝したこと。同じ境遇にいた友達に対して、引け目を感じてしまったこと。それは滝川くんの、罪悪という名のトラウマ……。

たかが子どもの頃の過ちではないか。わたしがそう言ったところで、滝川くんの気持ちが軽くなることはないのだろう。これは彼の問題であり、彼の言葉を借りるならば、そう……呪い。

「俺みたいに呪いを祓わへんと、今すぐあのフィギュアを手放さへんと、相葉は……皆本と友達でいられへんくなる」

胸を抉られたような痛みが走った。

「だってそうやろ？　相葉の表情見ただけで一発でわかったもん。相葉は今、皆本に罪悪感を持ってる。そんな気持ちを抱えたままで、これからまともにアイツと友達でいられるんか？」

あんなにも素敵な友達を失う。想像しただけで、わたしは失意のどん底に落ちたような気分になる。

「それだけちゃうやろなぁ。相葉は多分、紅蓮隊長のことを嫌いになると思うで」

「えっ」

「紅蓮隊長のことを見るたびに、今回のことを思い出すと思うで。友達から紅蓮隊長のフィギュアをパクってもうたことをな」

わたしの心の支えが、無くなってしまう。それはもう、生きる希望、糧を失うことと同じだった。

藁《わら》にもすがる思いで、わたしは滝川くんに聞いた。

「……滝川くんは、そのフレアドラゴンのカード、どうしたん？　どうやって手放したん？」

「従兄の兄ちゃんに頼んで、ネットオークションにかけてもらった。手に入れたカネは山分けして、俺は全額募金箱に突っ込んだ。それが正しい方法だったかはわからへんけど……俺はそうやって呪いを祓ったで」

滝川くんはそう言って、思い出したように飲み物のストローに口をつけた。

「俺は今の相葉よりも、重い罪を背負ってると思ってる」

重い罪。その暗い言葉に、わたしは首をかしげる。

「……どういう意味？」

「万引きは盗みやぞ？　立派な犯罪や」

「……」

「だってそうやろ？　本来やったら俺は他人のことをとやかく言う筋合いなんてないからな。漫画シティでスリトレを読んでた皆本、くじを取り替えてもうた相葉のこともそうや。俺はこの中で誰よりも、重い罪を背負ってる」

「……」

「せやし俺は、相葉がやったことを言いふらす資格はないんや。安心してくれ」

万引きは確かに、れっきとした犯罪行為だ。でも、それでも……。

「わたしは、クラスでただ一人の……」

「……」

「ただ一人の友達、小夏ちゃんの大切なフィギュアを盗んでしまった。本当やったら、小夏ちゃんは大喜びでフィギュアを持ち帰ってたはずやのに」

滝川くんが何と言おうと、わたしはわたしの罪の方が、滝川くんの罪よりも重いと思う。

「わたしは……」

友達の宝物になるはずだったものを、わたしは盗んだ。それは店頭から商品を盗むよりも、重罪なのではないだろうか。

なんてわたしは馬鹿なのだろう。B賞が当たったことだけを素直に喜んでいれば、こんなことにはならなかったのに。A賞を当てた小夏ちゃんのことを、純粋な気持ちで祝福できたのに。

自らに対する失望と、友達に対する罪悪感で、押し潰されそうになる。わたしはもう……まともな人として生きていけない。

「暗い話はここまでやっ！」

滝川くんの大きな声で、わたしは我に返る。その声があまりに大きかったから、周囲のお客さんがわたしたちに視線を向けた。

滝川くんは気まずそうに目をきょろきょろと動かしている。その動揺を誤魔化すために、ストローに口をつけたあとで一つ咳払いをした。

窓の外の空はもう、暗くなりかけている。どこまで滝川くんの話は続くのだろう。そしてこの話の行き着く先……わたしは一体どうなってしまうのだろう。

「二つ目の質問」

わたしの目をじっと見据えて、滝川くんは口を開いた。質問したいことが二つある。

滝川くんは話を切り出す前に、そう言っていた。一つ目は、わたしがやってしまった犯行の確認。そしてもう一つは……一体何なのだろう。

「くどいようやけど、もう一度言わせてもらう。俺は相葉の罪を非難できる立場にはおらん。せやし、俺がこれから提案することを、相葉は拒否してくれてもええしな。相葉がどういう答えを出そうと、俺はこの一件を絶対に口外せえへん」

「で……でも滝川くん……」

「最後まで聞けっ」

滝川くんの気迫に、わたしはまた黙り込んでしまった。

「相葉がもし望むなら、今相葉の手元にあるそのフィギュアを、皆本に返したることができるかもしれん。相葉がやったことを誰にも知られずに、自然な形で、あいつの手元に」

「……えっ」

わたしのしてしまったことを無かったことにして、小夏ちゃんにフィギュアを渡す。そんな魔法みたいなことが、できるわけがない。そんなことができたらどんなにいいだろう。

「あるべき持ち主のところに、紅蓮隊長のフィギュアを戻す、っていうことや」

「……ホントにそんなことが、できるん？」

一体どうやって……。そのまま小夏ちゃんに、はいどうぞ、と渡すのだろうか。そんなの、絶対に怪しまれる。ミラクルくじのA賞、紅蓮甲須賀ノ助善友のフィギュアの希少価値はめちゃくちゃに高い。簡単に手に入るものではない。

「滝川くんが個人的にくじを引いて、たまたまA賞を引き当てたことにして、それを小夏ちゃんに譲る、っていうこと？」

「いや、それやったらあいつは絶対受け取らへん。皆本はええヤツやからな。そんなんもらえへん、って言うはずや」

そうなるだろうな、とわたしも思った。

「それやったら、一体どうやって……」

自然な形でフィギュアを小夏ちゃんに渡す。そんなことが……。

「任せてくれ」

滝川くんは自信満々にそう言った。

もし滝川くんに甘えて、滝川くんの考えた方法で小夏ちゃんにフィギュアを返すとしても、わたしには一つだけ胸に引っかかることがあった。

「ほ……本当なら、わたしが謝って、小夏ちゃんに返さなあかんはずやのに」

小夏ちゃんに何の償いもしないままでいいのだろうか。

「俺もそうやったから」

「えっ？」

「正直に話して皆本にフィギュアを返せ……って言いたいところやけど、俺にそんなこと言う筋合いはないからな」

「……」

「俺は万引きしたフレアドラゴンでみんなと対戦して無双してたことを、未だに誰にも……相葉以外に話したことはない。万引きした文房具店にだって、謝りに行ったわけやない。黙ってカードの代金を置いてきただけや。せやし、俺は相葉のことをとやかく言う立場にはないんや」

自らに対する、諦念と失望。滝川くんの表情は、苦悶に歪んでいる。滝川くんは自らの呪いを祓ったと言ったけれど、果たして本当にそうなのだろうか。

「真実を話す恐怖は、誰よりもわかってるつもりや。せやし俺が、代わりに呪いを祓ったる」

何にしても、今のわたしに、小夏ちゃんに全てをバラす勇気などあるはずもなかった。滝川くんのこの提案がなければ、わたしは呪いにかかったまま、生きた屍《しかばね》として人生を歩んでいくしかなかった。

「どうする？　フィギュアを皆本に返すか？　それともこのまま、自分のものにするか？」

これが、滝川くんの二つ目の質問。わたしの返答に、迷いはなかった。

「お願い、します。わたしは……フィギュアを……小夏ちゃんのもとに、返したい」

「おっしゃ」

わたしが神妙にお願いすると、滝川くんはニタリと笑った。


マクドナルドを出たわたしと滝川くんは、わたしの家に一緒に向かった。紅蓮甲須賀ノ助善友のフィギュアを、滝川くんが引き取るためだ。

その道中、滝川くんはずっと無言だった。店内ではあれほど饒舌だったのに。彼から発せられる緊張感のようなものに、わたしも口を開けなかった。

わたしは滝川くんに紅蓮甲須賀ノ助善友のフィギュアと、アイスカフェラテ代を手渡した。フィギュアは、ちゃんと保存していた商品箱に戻して、紙袋に入れたものを。名残惜しさみたいなものは一切なかった。ただ、滝川くんの計画通りに、このフィギュアが小夏ちゃんの手元に戻ることだけを願った。

「あ、それと……ちょっと待ってて！」

わたしは一旦自室に戻り、B賞の卓上フィギュアを持ってきた。それを滝川くんに差し出す。

「これも、お店に返したいんやけど……」

滝川くんは渋い顔をした。

「悪いけど、これは今更店に持って行けへんわ。変に俺が怪しまれるだけや。ただでさえ、店長がバイト店員を疑ってる感じやったし」

「そ、そうやんな……ごめん……」

わたしは卓上フィギュアを手元に引っ込めた。

わたしがそのまま何も言わずにいると、滝川くんは少し視線を落としたまま、踵を返す。

「滝川くんっ！」

わたしの声に、彼はこちらに振り返った。呼び止めたはいいものの、続く言葉を思いつけずにいた。

「あ……あの……」

「なんや？」

「たっ……滝川くんは、小夏ちゃんのこと、好きなん⁉」

何故今そんなことを聞くのか。滝川くんの顔に、ありありとそう書かれていた。どうしてそんなことを言ったのか、わたし自身にもわからなかった。ただ気がつけば、そんな質問をしていた。

彼は少しの逡巡の後、こう答えた。

「……まあ、皆本はめっちゃええヤツやしなぁ。趣味も合うし……」

わたしは胸中だけで頷いた。小夏ちゃんが滝川くんに好意があるのは確定的なのだから、二人は付き合えばいいではないか。

「でもまあ、アイツと話すようになったきっかけが……」

滝川くんは少しだけ、表情を歪ませる。

「ほら、漫画シティでスリトレ読んでる皆本に、俺がブチギレてもうたやろ？」

「そんなん、もう小夏ちゃんは気にしてへんよ」

滝川くんは一つため息をついてから、続けた。

「あれは正義感とか、そういう理由からの行動ちゃうねん。なんていうか……」

「……」

「やましいことをしてるヤツを、昔の自分に重ね合わせてたんや」

「万引きの、こと？」

滝川くんは否定も肯定もしなかった。

「こういうのをなんて言うかわかるか？　ただの八つ当たりや。俺は過去の自分が嫌で、その代わりに他人を……皆本を攻撃しただけや」

「……」

「皆本のことは好きや……人としてな。ええヤツやと思うし、尊敬してる。こんでええか？」

そう言い切ると、滝川くんは今度こそ帰っていった。

滝川くんが帰っていったあと、わたしは近所の女の子の家を訪ねた。小学生の時に同じ登校班にいた下級生の子で、その子も豪火の剣が大好きだった。

彼女に、B賞のフィギュアを譲ることにしたのだ。彼女は少し戸惑いながらも、嬉しそうに受け取ってくれた。

わたしは友達を欺き、そしてたくさんの人に迷惑をかけてしまった。このB賞の卓上フィギュアを自分のものにする資格はない。

滝川くんのお店にお返しすることができないのなら、フィギュアはわたし以外の誰か……欲しい人のもとに渡るべきだ。これがわたしが思いつく限りの……精一杯の最善策だった。

＊

「あたしA賞当たってん、A賞！　信じられる⁉　ほら見て見て。紅蓮隊長！　紅蓮隊長！」

滝川くんと二人で会った日から二日後。登校すると、教室で小夏ちゃんが大声を張り上げていた。クラスの女子たちにスマホの画像を見せながらぴょんぴょんと跳ね回っている。

「うわ！　マジやん！」

森田さんはそう言って驚きを隠せない様子。それはそうだろう。あのフィギュアは激レア中の激レア。今世間を賑わせているシロモノなのだから。

「あ、茉莉花！　見てこれ。わたしA賞当たってん。すごない!?　ほら、ほら!!」

「す、すごい！　ホンマや。よかったね、小夏ちゃん！」

滝川くんだ。滝川くんがやってくれたんだ。彼が画策して、わたしの要望通り、小夏ちゃんはあのフィギュアを手に入れることができたのだ。

その時のわたしは、ちゃんと驚く演技ができていただろうか。

小夏ちゃんの手元にあのフィギュアが戻ることは解ってはいたけれど、まさかこんなにも早く……。しかも小夏ちゃんが何かを疑っている様子もない。一体どうやって……。

「ど、どこでそのフィギュアをゲットできたん？」

不自然にならないように気をつけながら、わたしは小夏ちゃんに聞いた。

「滝川がバイトしてる店。今日なら当たるかもしれんから来いって言われてん」

滝川くんは小夏ちゃんに、ミラクルくじを引かせた。そしてあのフィギュアを手渡した。

「なんか滝川が、今日は俺が奢ったるわーとか言ってたけど、さすがにそれは申し訳なかったから普通に千円札渡してん。そしたらなんか自分の財布から百円玉取り出して、せめてもの気持ちや、とか言ってお釣り渡してきてん。変なヤツやわ、アイツは」

滝川くんのことを話す小夏ちゃんは、とても楽しそうだった。でもわたしの関心は、その話の内容にあった。

滝川くんがレジからお釣りを取り出さなかったのは、小夏ちゃんが引いたくじがお店の商品ではなかったから。だから自分の財布からお釣りを渡したのだ。

「ほんでさぁ、くじがめちゃくちゃ開けにくかってん。一回目引いた時はまあまあ開けにくくて、二回目は簡単に開けれて、昨日の三回目では全っ然開けれへんかった。結局滝川にハサミで切ってもらってん。なんかミラクルくじって開けにくさにバラつきがありすぎひん？」

わたしはそこで違和感を覚えた。手でくじを開けられなかった。ミラクルくじは開けにくいことで有名だけれど、そこまでだろうか。実際、小夏ちゃんは一回目にくじを引いた時は、手こずりながらもちゃんと開けられていたのに。

昨日引いたくじは小夏ちゃんが開封したのではなく、滝川くんがハサミで切って開封した。そこに何か、彼の計画が関係していそうだと思った。

「滝川に開けてもらったくじにAって書いてあってん。めっちゃビックリしたわ！

もう心臓止まるかと思った！」

　滝川くんが開けたということは、小夏ちゃんはくじが開かれた瞬間を見ていない可能性がある。滝川くんは……わたしが不正をした時のように、くじをすり替えた？

　小夏ちゃんはスマホを片手に、教室内を駆け回っている。おそらくはもう、ほとんどのクラスメイトに自慢することができただろう。


　一限目の授業中、わたしは勉強に集中できなかった。どうやって滝川くんは小夏ちゃんにフィギュアを渡すことができたのか。厳密に言うと、どうやって小夏ちゃんにA賞のくじを引かせることができたのか。そればかりを考えていた。

　引き当てたA賞のくじは、小夏ちゃん自身が開けたわけではない。ということは……滝川くんがレジの下でハサミを使って開封する振りをして、くじの取り替えをすることができる。

　小夏ちゃんはくじを自分で開封することができなかった。でももしそこで、小夏ちゃんが手こずることなく開封することができてしまっていたら……その時点で滝川くんの計画は破綻することになる。そもそもどうやって、滝川くんはAの文字が印刷されたくじを用意できたのだろう。

「……」

滝川くんは用意した。A賞のくじを、何らかの方法で。

滝川くんが未開封の商品くじを使うことはまずないだろう。私用のために売り物に手をつけるなんて、彼なら絶対にやらない。

ならどうやってA賞のくじを用意したのか。わたしの引き当てた、正確には小夏ちゃんが本来引き当てたはずのくじが使えたらよかったけれど、その使用済みのくじはもう、お店側に回収されてしまっている。

「……あっ！」

突然の大きな声に、教室のみんながわたしに視線を向ける。

「どうした、相葉ぁ？」

先生が怪訝そうに言う。

「け、消しゴムを、忘れてしまって……」

「じゃあアレやな、相葉は今日一日ノーミスで過ごさなあかんなぁ」

先生の冗談に、クラスのみんなが少しウケた。笑い声がわずかに響く教室で、小夏ちゃんが声を上げる。

「わたしの消しゴム、半分あげるで」

前の席のみんなからバケツリレーのように送られてきたのは、半分に分けられた消しゴムだった。一番前の席で小夏ちゃんが手を振っている。

「あ、ありがとう」

消え入りそうな声でわたしはお礼を言った。咄嗟の嘘で、小夏ちゃんに迷惑をかけてしまったことに罪悪感を覚える。数秒後には、まるで何事もなかったかのように授業が再開された。

いつもの授業に戻っていくクラスメイトたちの中で、一人だけこちらを注視する男子がいた。……滝川くんだ。わたしと目が合うと、様子を窺うような視線を一瞬だけ送った後で、すぐに前に向き直った。


滝川くんの働いているアニメショップに、わたしと小夏ちゃん、森田さんの三人でくじを引きに行った時。滝川くんは使用済みのミラクルくじの処理方法を教えてくれた。開封済みのくじは回収。くじの空箱の中に入れておいて、あとで捨てる。

「……あれを使ったんだ」

使用済みのミラクルくじ。あれを使えば、小夏ちゃんにバレることなく、自然な形を装ってA賞のくじを引かせることができる。

小夏ちゃんが引いたのは、使用済みのミラクルくじだった。リアリティを持たせるために、くじをある程度間引いたのかもしれない。

「……」

でも、それだけでは不十分だ。使用済みということは、全てのくじが開封されてしまっている。本物の売り物だと小夏ちゃんに勘違いしてもらうためには……。

全ての開封されたくじを、糊付けした。そうすれば、小夏ちゃんが自力で開封できなかったこととも辻褄が合う。

下準備として、使用済みの箱の中からA賞のくじを探しておく。ある程度くじを間引いて、箱の中に残すくじは全て糊付け。

滝川くんは小夏ちゃんを自分が働いているお店に招き入れ、役割を終えたはずの使用済みのミラクルくじを引かせた。

くじは全て糊付けされていて、どれを引いても小夏ちゃんは開封できない。やれやれといった演技をしながら、滝川くんがハサミで切るフリをする。そこでレジ下に忍ばせてあった、Ａの文字が印刷されたくじとすり替える。驚いた演技をしながらそれを小夏ちゃんに見せれば……。

「自然な流れで、小夏ちゃんにあのフィギュアを渡すことができる」

誰にも聞かれないように、わたしはそう独りごちた。

なんて聡明な人だろうか。彼のおかげで、わたしは……わたしはまともな人として生きていくことができる。大袈裟ではなく、本気でそう思った。

その日の昼休みを終えた五限目。わたしが自席に戻ると、机の中に九百円の入った封筒があった。おそらく、というか絶対に滝川くんからだろう。小夏ちゃんから受け取ってしまった代金を、律儀にわたしに返してきたのだ。

この代金を滝川くんに返そうとしても、それは彼の望むところではないだろう。そう思ったわたしは、黙ってそれを受け取ることにした。

それからわたしと滝川くんが学校で接する機会は、一度も訪れなかった。というか、滝川くんが意図的にわたしのことを避けていたような気がする。

それは滝川くんがわたしに嫌悪感を抱いていたとかではなく、わたしと接することによって、例の一件が明るみになることを危惧していたからだと思う。まあ、元々わたしと滝川くんにほぼ接点はなかったのだから、変化というほどのものでもなかったのだけれど。

一つ気になったのは、滝川くんがアニメショップのアルバイトを辞めてしまったことだ。理由はある程度予想できたけれど、確かめる術はなかった。滝川くんはわたしを避けているし、このことを聞いても、彼が嫌な思いをするだけだと思ったからだ。

結局小夏ちゃんと滝川くんの間に、大きな関係の変化はなかった。滝川くんがわたしに少しだけ教えてくれた、小夏ちゃんへの想い……。思い出すたびに、今でも少し胸が締め付けられる。

卒業式を迎えても、小夏ちゃんは滝川くんに想いを伝えなかったらしい。告白するまでの気持ちがなかったからか、もしくは……彼の方にそういう気持ちがないことを、小夏ちゃんは察していたのかもしれない。

＊

高校を卒業したわたしは、東京の看護学校へと進学した。東京の学校を選んだ理由は、おばあちゃんの介護の手伝いも兼ねていたからだ。母方のおばあちゃんが、東京の伯母さんの家に住んでいて、デイサービスと契約するまでの間、身の回りのお世話を頼まれたのだった。

伯父さんと伯母さんは、手伝ってくれれば学費をある程度負担してくれると言ってくれた。わたしの家にはお金がなかったので、その話をありがたく承諾した。

東京に行くことを決めたのは、実家から離れたいという気持ちもあった。このまま両親と一緒に暮らして大人になっていけば……嫌いになってしまうのではないかと思ったのだ。

おばあちゃんのお世話、生活費を稼ぐための生鮮食品店でのアルバイト、そして学校の授業。目まぐるしく過ぎていく日々の中で、わたしは忙殺されていった。

晴れて看護師となって一人暮らしを始めても、当たり前だけれど生活が楽になることはなかった。夜勤でへとへとになりながら家に帰り、寝ようと思ってもナースコールの幻聴で目が覚める。患者さんのお世話や、ミスの許されない薬の取り扱い、感染症の恐れもある危険な現場。ドラマなんかでよく見る絵に描いたようなお局さん、その人を中心に回るナースステーション。こじれる人間関係。幾度辞めたいと思ったことか。

それでもわたしを奮い立たせたのは、患者さんからの感謝の言葉や、医療現場の最前線に立っているというプライド、そして何よりも、自分のことを好きになりたい、胸を張って生きていきたいという想い。そう、その身を呈して渦巻雷太を守った、紅蓮甲須賀ノ助善友のように。周りの人の力を借りて生まれ変わった、ワタオモの千歳のように。

わたしの太陽になってくれた素敵な女の子、小夏ちゃんのように。そして、わたしの気持ちを察し、わたしのことを慮《おもんばか》り、わたしの呪いを祓ってくれた……滝川くんのように。

そんな人に、わたしはなりたかったのだ。あの時の、暗くて弱いわたしはもういない。目元を隠していた前髪はバッサリと切り落とし、動きやすいようにショートボブにした髪を揺らしながら、わたしは今、医療の現場を駆け回っている。

「ねぇ、今度みんなでランチに行かない？　新宿に素敵な店を見つけたの」

ナースステーションでの業務中、お局さんの先輩看護師、高松《たかまつ》さんがそう提案し、休みの合う何人かで集まることが決まった。

「あ、そうだ。東川上《ひがしかわかみ》さんも誘いましょうか！」

東川上奈緒《なお》さんは、一階の総合案内で事務として働いている。年齢はわたしより少し下だったと思う。

東川上さんは高松さんから大層気に入られている。苗字が長く、呼びづらいからあだ名を考えてあげる、と、この前高松さんから言われていた。

この高松さんから誘われたランチが、わたしの運命を、人生を大きく変えることになろうとは、この時は思いもしなかった。

＊

「ミナさん、君の正体は……俺の高二の時のクラスメイト、相葉茉莉花だね？」

歩行者専用信号が、青に変わった。俺は横断歩道をすたすたと渡り始める。数秒だけ呆然としていた彼女は、慌てて俺のあとをついてきた。

「久しぶりやなぁ、相葉」

俺の口から発せられた関西弁の声掛け。まるで、俺自身がタイムスリップしたような気にさせられる。関東人として振る舞っていたのに、突然昔の自分、学生の頃の、関西人だった俺に逆戻りしたような。

「元気にしとったか？」

「……うん」

「まさか、こんなところで再会できるなんてなぁ」

新宿駅からさほど離れていない歩道に、関西弁が響き渡る。なんだか里帰りでもしたような気分になったけど、周囲を見渡すと、背の高いビルが建ち並んでいる。やっぱりここは東京だ。そのギャップというか違和感に、俺はおかしな感覚に陥った。

「なんで相葉は東京に来たんや？　都会に憧れを持つようなタイプには見えんかったけどなぁ」

「別にええやん。滝川くんは、わたしの何を知ってるん？」

相葉は棘のある言葉を返してくる。気を悪くさせてしまっただろうか。少し申し訳なくなる。

「そうやな……すまん。俺は相葉のことを、何も理解してへんかった」

そうだよな。こんなことが言いたかったんじゃない。

俺が言いたかったのは、もっとシンプルで照れ臭い言葉だ。

「き……」

キモがられたら嫌だなとは思ったけど、やっぱりこの言葉を俺は相葉に伝えたかった。一度咳払いで仕切りなおしてから、俺は口を開いた。

「綺麗に……なったな、相葉。……見違えたで」

横に並んで歩く相葉の目を見つめ、顔から火が出そうになりながらも俺はそう言い切った。相葉は俺から目を逸らして、歩くペースを速める。

「か、看護学校の学費を負担してもらうために、伯母さんの家があるこっちに来てん。おばあちゃんのお世話したら、少しお金出してくれる、って」

自らの感情を誤魔化すように、相葉は先ほどの質問に答えた。その頬は、ほんのりと紅みを帯びている。

「そ、そうかぁ。立派やなぁ」

「滝川くんは……なんでこっちに？」

質問をそっくりそのまま返される。俺は思わず言い淀んでしまった。

「当ててみていい？　あ、当たりやったら、ちゃんとそう言ってや。……今までがそうやったやろ？」

俺の目を真っ直ぐに見据えて相葉はそう言った。意趣返しのつもりだろうか。今度は相葉が、俺のことを言い当ててみせるつもりらしい。

「あの、一件があったから？」

「……」

「やっぱり……わたしのせいなんやね」

俺の表情を察した相葉が、心底申し訳なさそうに言った。

「わたしが盗んでしまった紅蓮甲須賀ノ助善友のフィギュアを、小夏ちゃんに返すための計画を実行することで……あのお店に居づらくなってしまったん？」

相葉の予想は当たっていた。十年前のあの一件。俺は店にあった使用済みのくじとくじ箱を使ったことによって、店長に目をつけられてしまったのだった。

あの膨大な紙切れの中からA賞のくじを探しだし、箱の中のくじをある程度間引く。残ったくじを糊付けして、それを皆本に引かせたあとで、用意してあったA賞のくじと取り替える。あたかも皆本がA賞を引き当てたかのように見せることで、俺の計画は成功したけど……それらを準備、実行しているところを先輩の黒木さんに目撃されていたのだ。それを店長に報告されて、疑いの目を向けられてしまった。滝川が紅蓮隊長のくじで何かやましいことをしている、と。

問い詰められることはなかったけど、店長の俺への態度は変わってしまった。それ以降、俺に対してどこかよそよそしくなった。

「生真面目な滝川くんのことやから、そのお店で働けなくなってしまったんやね。周りにも迷惑かけると思ったんやろ？　それだけちゃう。河原町に行くことすら、億劫になってしまったんちゃうかなって」

それも当たり。仕事ではなく、休みの日に河原町に遊びに行くのも、俺は引け目を感じるようになってしまったのだ。寺町通りを歩いているだけで、店長や黒木さんにばったり遭遇してしまうのではないかと想像してしまう。

河原町は京都のオタクには欠かせない場所だ。関西の格闘ゲーマーの聖地として崇められるゲーセン。まあまあマニアックなアニメ映画を上映している映画館。そして様々なグッズを売っているたくさんのアニメショップ。数えたらキリがないくらい、オタク御用達の施設が建ち並んでいる。

そういうところに行きたくても、なかなか気が進まなくなってしまったのだ。それだったらいっそ東京に移り住んでしまおうと思ったのが、京都を離れた理由だ。

「……ごめん。わたしのせいで……」

「なんで相葉が謝んねん。これは俺の選択や。相葉に声を掛けようと思ったんも、皆本にフィギュアを返す計画を実行したんも、東京に移り住んだんも、な」

相葉は視線を落としたまま、口をつぐんでしまった。そこからしばらく、重たい沈黙が続く。

相葉の方から何も言い出そうとする様子がなかったので、今度は俺の方から切り出した。

「なあ相葉、相葉が自分の正体を隠したまま俺を惑わしてきた理由を……その動機を、言い当てたろか？」

「……動機？」

まるで意外な展開だったのかもしれない。相葉は素っ頓狂な声を上げた。

「相葉の目的は、俺に対する恨みを晴らすこと。今でも俺のことが憎いんやろ？　紅蓮隊長のフィギュアを自分のものにできひんかったんは、俺が口出ししたからやしな」

「……」

「俺はてっきり、相葉は小学生の頃の俺と同じ罪悪感を持ってるもんやと思ってた。でもそれは勘違いやったんやな。本当は……相葉はあのフィギュアを皆本に返したくなんかなかった。相葉にとって俺は、邪魔な存在でしかなかった」

そう、これこそが、相葉が俺を惑わし、たぶらかそうとした本当の理由。

「なんでそんな……ち、違うよ！　そんなこと……！」

相葉は必死に否定する。演技とは思えないくらいの気迫だった。

俺はかまわず続ける。

「相葉はマッチングアプリに入会していい男を探してる最中、たまたま俺を見つけたんやろ？　そこで相葉は、俺に対する憎しみを晴らす計画を立てた。デタラメなプロフィールで俺に近付いて、たぶらかして、好意を持たせる。その上で俺を振れば、ちょっとはスカッとすると思ったんちゃうか？」

「違う！　そんなこと思ってへん！」

「……」

「わたしは滝川くんのことを恨んでへん！　わたしは、わたしは……！」

顔を紅潮させる相葉。相葉の動機について持論を展開してはみたけど、今の相葉が演技をしているとはちょっと思えなくなってきた。俺の考えは間違っている？　相葉は自らの正体を隠すことによって、一体何をしたかったのだろうか。

「そ、そもそも、わたしは相葉茉莉花やって認めてへんで！　わたしは、わたしの名前はミナやもん！」

「はぁっ？」

訳の分からないことを言い出す相葉。どうやら気が動転しているらしい。

「今更何言うてんねん。さっき小夏ちゃんがどうとか言うとったやん。往生際が悪いで」

相葉は一つ咳払いをすると、俺の目を真っ直ぐに見据える。

「わたしはミナです。もしわたしがその相葉茉莉花であるとシンジさんが言い張るのなら、それ相応の証拠を提示してください」

「……」

その瞬間、俺の目の前にいる女性は、ある意味で相葉茉莉花ではなかった。標準語を話す彼女は、そう、俺がマッチングアプリで出会い、色んなところに一緒に出かけた謎めいた女性、ミナさんだった。

この変わり身の早さ。まったく……、とかくミナさんとは恐ろしい女性である。恐ろしくて、よくわからなくて、本当に魅力的な女性だ。

「証拠ならあるよ。ミナさんが相葉茉莉花である、決定的な証拠が、ね」

俺の言葉に、相葉は……いや、ミナさんは目を大きく見開き、驚いた表情を見せた。

俺たちは出会った当初にお茶をしたカフェに到着した。コーヒーとカフェラテを注文して、テラス席に座る。

「さて、教えてもらいましょうか。わたしがその、相葉茉莉花さんであるという決定的な証拠を」

冷たい風が首筋を通り抜ける。俺は少し身震いしつつも、ミナさんの要望に応えるべく、口を開いた。

「俺とミナさんが初めて会った時、ミナさん、俺を滝川さんって呼んだよね。俺はシエリール内で苗字を公表していない。それなのにミナさんは……」

「そ、それは決定的な証拠とは言えません。たまたま……そう、仕事でお会いしていた可能性もあるでしょう？　シンジさんは色んなところに配達に行かれているわけですし。どこかでお見かけしていたとしてもおかしくないですから」

ミナさんは何故か嬉しそうだった。俺はわざとらしく咳払いしたあとで、ミナさんの目を真っ直ぐに見据える。

「俺たちが初めて会った時、一緒に本屋に行ったでしょ？」

ミナさんは不審そうに、少し目を細める。

「その時に紅蓮隊長の話をしたの、覚えてる？」

「えっ？」

「この前バラエティ番組でさ、紅蓮隊長のことが話題になってたんだ」

「……いきなり話が変わりましたね」

「ま、最後まで話を聞いてよ。司会者の娘がさ、紅蓮隊長が好きらしいんだけど、フルネームを言えないらしくて」

「……」

「実際のところ、俺も正直フルネームは覚えてない。一応漫画は全巻読んだし、アニメも全部視聴済みなのにね」

「紅蓮甲須賀ノ助善友、ですよ」

仕方なく、といった感じでミナさんは言った。

「もし仮に覚えていたとしても、名前が長すぎるから、みんな紅蓮隊長って呼んでるよね」

「……」

「例えば、そうだな、森田はどうかな。あいつはちょっとミーハーなところがあるし、フルネームは覚えてないかもね」

——そもそもその人が転売ヤーやっていう証拠もないやん。ただ紅蓮隊長を愛してやまないファンの可能性もあるし。

「俺のバイトしてた店の店長は、仕事でフルネームに触れる機会はたくさんあっただろうけどね。まあ、紅蓮隊長自体をそんなに知らなかった。アニメショップの店長やってるのに、アニメ関連のことに興味がなかったみたい」

——あの紅蓮隊長のくじ、めっちゃ売れてるわ。ヤバいな、あれ。

「アニメショップで、はしゃいでた子どもたちも」

——紅蓮隊長！　紅蓮隊長だ！

「俺の職場の後輩、三島ってやつも」

——あ、紅蓮隊長だ。

「テレビなんかのメディアでも」

――いやー、わたしは一位は絶対紅蓮隊長だと思いますね！

――あー、紅蓮隊長、人気だもんねぇ。うちの娘も大好きでねぇ。

「皆本なら、あいつなら絶対フルネームを覚えてるだろうね。でも会話の中では……」

――そうや！　今日の放課後、美緒と茉莉花の三人で滝川のバイト先行くわ。ミラクルくじで紅蓮隊長のフィギュア引き当てるし！

「でも、十年前アニメショップでアルバイトしてる俺を三人が茶化しに来た時、アイツは……相葉茉莉花だけは」

――あっ、見て見て！　紅蓮甲須賀ノ助善友のフィギュア！　あれがA賞や！

誰もが紅蓮隊長のことを、紅蓮隊長という愛称で呼んでいた。そう。俺が知る限りでは、たった一人を除いて。

「相葉だけが、紅蓮隊長のことをフルネームで呼んでいた」

ミナさんは真剣な目を俺に向ける。そこに、追い詰められた緊迫感や落胆といったものは感じられなかった。

「俺とミナさんが本屋に行った時、ミナさん、こう言ってたよね。『豪火の剣の紅蓮なんちゃらかんちゃらが好きです！』って。紅蓮隊長のことを、きっちりフルネームで言い切ってた」

「……紅蓮甲須賀ノ助善友です」

「俺と同い年で、同じ京都出身。俺のことを滝川慎司だと知っていて、紅蓮隊長のことをフルネームで呼ぶ人物のことを……」

俺はミナさんの目の奥を、じっと見据える。

「俺は、一人しか知らない」

「……」

ミナさんの表情には、不思議と陰りといったものはなかった。むしろ何故か、顔を綻ばせている。こちらを小馬鹿にしているのか、それとも……。

「まさかそれが、シンジさんの言う決定的な証拠ですか？」

「うん。これが俺の提示する、ミナさんが相葉茉莉花である決定的な証拠。どう？　くだらない？」

俺の問いに、彼女は首を左右に振った。

「ううん……嬉しいです。嬉しい」

犯人が証拠を提示されて嬉しいと発言するとは如何なものか。でも本当に、ミナさんは嬉しそうだった。

「もう一度確認するよ。ミナさん、あなたは俺の高校の時の同級生、相葉茉莉花だね?」

そこでやっとミナさんは、首を縦に振った。

「はい。シンジさんのおっしゃる通り、わたしは……わたしは、相葉茉莉花です」

刑事が犯人を落とす瞬間って、こんな感じなのかな。達成感と徒労感が同時に襲ってくるような、そんな感覚。

「さて、正体を暴いたついでに教えてもらおかぁ」

俺は関西弁のイントネーションで、そう言った。

「な……なにを?」

ここからは滝川慎司と相葉茉莉花としてのやりとりになる。京都で高校生活の一部を共に過ごした、元同級生として。そして偶然にも、東京で再会した男女として。そう、俺が聞きたいのは、そのことについてだ。

「お前の動機や。まず相葉は、マッチングアプリ、シェリールに入会。そのアプリ内で俺を見つけた。そこまでは合ってるよな?」

「……あ、いや」

「ここからや、ここからが知りたい。身分を偽って俺に近付こうとした、相葉の動機はなんや? 俺に恨みがないんやったら、俺を惑わせて、お前は一体何がしたかったんや?」

「……」

そこで相葉はダンマリを決め込んでしまった。おいおい、ここまできてそれはないだろ。強く追及しようと俺は口を開いたけど……。

相葉の顔は苦悶に歪んでいた。その瞬間、俺は既視感に襲われる。十年前、皆本が手に入れるはずの紅蓮隊長のフィギュアを相葉がパクった一件。俺から罪を暴かれたあの時と、全く同じ表情だったのだ。

「……やっぱりわたしは、何も変わってへん」

「は？」

「わたしは変われたはずやった、滝川くんのおかげで。滝川くんはわたしを助けてくれた。わたしもそんなふうになりたい、滝川くんみたいな人になりたいって、立派に生きたいって思ってたのに……」

「相葉は立派やん。一人で東京来て、ばあちゃんの世話して、看護師として働いて……」

「立派ちゃうもん。わたしは……わたしは……！」

今にも泣き出しそうだった。何なんだ？　一体どうしてここまで追い詰められている？

「わたしは、シェリールなんて知らんもん！　マッチングアプリになんて入会してへん！」

「…………はぁっ⁉」

俺のデカい声に、カフェ前の大勢の歩行者が一斉に俺たちを見やった。

相葉は俺に語ってくれた。東京という日本の中心地、大都会で俺を見つけて、俺と再会するまでの一部始終を。

聞いてみれば大して長い話ではなかったけれど、その内容は俺の想像から大きく外れたものだった。驚きと、呆れと、なんだかよくわからない感情で、俺の情緒はぐちゃぐちゃに掻き回されてしまっていた。

「それ、マジか？　マジで言ってんのか、相葉……」

「……」

そして俺以上に、激しく動揺している相葉。視線を落とし、目を潤ませている。

「マジかぁ……相葉ぁ。引くわぁ……」

相葉を追い込むつもりはなかったけど、俺はそう口走っていた。相葉はこのまま消えてしまうのではないかと心配になるくらい、めちゃくちゃ体を縮こまらせている。

「そ、そんなに……俺に、会いたかったんか？」

俺のその言葉に、相葉は茹でたタコのように顔を真っ赤にしている。なんかこっちまで照れてくる……ていうか、問題はそこじゃない。

「だからわたしは、滝川くんに会う資格なんてない！　わたしと滝川くんは……」

「……」

「もう、会ったらあかんねん」

「相葉……」

俺たちは奇跡的にこうして東京で再会できたのに、もう会えない？　そんなの、俺は絶対に嫌だ。

俺はミナさんのことが、相葉茉莉花のことが……。

「さよならっ！」

「お、おい！　相葉！」

引き止めようとしたけど、相葉は新宿駅の方向へと猛ダッシュで行ってしまう。

俺の右手は、虚しく空を切るだけだった。

第六章　始まりの地と、事の始まり

京都駅の烏丸中央改札口を出ると、独特な駅舎のデザインが目に飛び込んでくる。すっきりとした色合いに、圧巻の大空間。やっぱりこれを見ないと、京都に帰ってきた気にならない。その中央にぽっかりと空いた落とし穴、下へと伸びるエスカレーターで地下階に潜る。

地下鉄の改札口のところまで歩くと、鉄道会社の美少女マスコットキャラクターとその仲間たちがわたしを出迎えてくれた。にこやかな表情が京都駅地下街の壁面に大きく描かれている。鉄道会社のＰＲを目的として考案された彼女たちは、もう既にこの京都駅の風景として定着している。

アニメ調のイメージキャラクターは、今や当たり前のように街中で見かけるようになった。そういったキャラが登場する、いわゆるサブカルチャーを愛するわたしや滝川くんのような人種はオタクと呼ばれているけれど、それも死語になっていくのかもしれない。今や日本を代表する産業である漫画、アニメ、ゲームなんかのコンテンツは、オタクだけのものではなくなってきているのだから。

不意に彼のことを思い出してしまい、胸が締め付けられる。……滝川慎司。彼と会わなくなってから一か月以上が経った。今でも数日おきに滝川くんからメッセージが送られてくるけれど、わたしはそれを全て既読スルーしている。

本当はわたしも、滝川くんに会いたい。けれどそれは許されないことなのだ。けじめをつけるためにも、わたしは彼とこれ以上会うことはできない。

人手不足の状況で現場を離れるのは心苦しかったけれど、年末年始の十日間ほど、長めのお休みをいただくことにした。看護師長からは露骨に嫌な顔をされたけれど、プライベートで落ち込むことがあったので休暇が欲しいと正直に言うと、しぶしぶといった様子で承諾してくれた。辞められては困るので、それならば長期の休みを取らせる方がマシと考えたのだろう。

わたしは、とある決意を胸に、生まれ育った地元へと向かっている。


地下鉄四条駅の改札を抜け、大型ディスプレイの脇を通り過ぎると、阪急電車に乗り換えた。小豆色の車体、木目調の内装、深緑色の座席。東京にも色んな電車があるけれど、わたしはやっぱり阪急電車が好きだ。清潔感があって、落ち着いた色の車体と内装は、生まれ故郷に帰ってきたとわたしに実感させてくれる。

地下鉄との乗り換え駅である阪急烏丸駅から数駅。閑静な住宅街に降り立ったわたしは、ある人と会う約束をしていた。いつから会っていなかったっけ。二年ぶりくらいかな。そんなことを考えながら、アスファルトの歩道を歩いていく。

辿り着いたのは一軒家。インターホンを押すと、玄関扉の向こう側からドタバタと足音が聞こえてくる。

「いやー、茉莉花久しぶりーっ！」

突然の抱擁にも、わたしは驚かなかった。彼女がそういうことを自然にしてしまう人だということは、もう長い付き合いで知っていたから。

「元気やった？　あ、立ち話もなんやから、はよ入りぃや！」

高校の時からの友達、皆本小夏。彼女は大学を卒業して早々に結婚、地元京都で幸せに暮らしていた。

「陸人くんは？　元気？」

わたしがそう聞くと、小夏ちゃんは人差し指を口の前で立てる。足音を立てずに居間に行くと、小さな子どもが続き間の和室で静かに寝息を立てていた。生まれたばかりの頃に会って以来だったので、子どもの成長には驚かされる。

「ご飯作るし食べていきぃや。まだ食べてへんやろ？」

わたしがこくりと頷くと、小夏ちゃんは和室のふすまを閉めながら、嬉しそうに笑った。

小夏ちゃんの家の中には様々なアニメグッズが見受けられた。リビングの壁にはスリトレのキャラクターたちが躍動する掛け時計。冷蔵庫に貼り付けられたワタオモのマグネット。渦巻雷太が描かれた買い物用のトートバッグ。小夏ちゃんの旦那さんもアニメが好きなのだそうだ。

二人で昼食の支度をしながら、わたしたちは近況報告をし合った。小夏ちゃんの二歳になる息子、陸人くんは順調にすくすくと育っていること。旦那さんは残業ばかりで、休みの日も子育てにあまり協力的ではないこと。それでもこの前、結婚記念日に高級フランス料理を一緒に食べに行ったこと。家族のことを話す小夏ちゃんは、学生時代の時と同じくらい、いや、それ以上に魅力的だった。

「茉莉花はどうなん？　ええ人とかおらへんの？」

小夏ちゃんが、いやらしそうに笑いながら聞いてくる。

「全然いいひんよ……うん」

「あー、その反応は手痛い思いをした感じやな？　ええよ。おねえさんに話してみぃ？」

「そ、そんなんちゃうよ！」

「えー、絶対嘘や！　話した方が楽になることもあると思うでぇ？」

「……あ、そうや、小夏ちゃん。アレある？　アレ」

わたしは話題を逸らすために、そう口走っていた。

「アレ？」

「ほ、ほら、紅蓮甲須賀ノ助善友のフィギュア！」

小夏ちゃんは、にたりと笑った。

「紅蓮隊長をフルネームで呼ぶとこ、全然変わらへんねぇ。もちろんあるで。久しぶりに見てみる？」

小夏ちゃんは料理の手を止めて、奥の部屋のクローゼットをがさごそと漁りだす。見覚えのあるパッケージを持ってくると、中身を取り出してテーブルの真ん中に置いた。

「ジャーン！　やっぱカッコええなぁ、紅蓮隊長は！」

「ほんまやね！　……って、こんなとこに置いてどうすんの？」

「ええやん。これ見ながらご飯食べようや。今日一日ここに置いてたら、旦那も喜んでくれるんちゃう？」

わたしたちは二人揃ってけらけらと笑い合った。

出来上がった料理をテーブルに並べて、わたしたちは紅蓮甲須賀ノ助善友のフィギュアを眺めながら昼食を食べた。

森田さんと三人でミラクルくじを引きに行ったこと。残念ながらA賞を当てられなかったこと。滝川くんに誘われるがままもう一度くじを引いて、見事このA賞のフィギュアを当てられたこと。このフィギュアにまつわる十年前の思い出を語る小夏ちゃんは、とても楽しそうだった。

「そういえば森田さん、元気かなぁ」

「さぁ。全然会ってへんし、わたしもわからへん」

「そっか」

「でも茉莉花、あんま美緒のこと好きちゃうかったやろ？」

「そ、そんなことないよ！」

「ほんまにぃ？」

意地悪そうに笑う小夏ちゃん。

「ねぇ、小夏ちゃん」

「なに？」

わたしは意を決して切り出した。

「このフィギュアについて話しておきたいことがあるんやけど……」

「え、なになに？　何なん？」

不穏な空気を察した小夏ちゃんが、おっかなびっくりといった感じで少し身を引く。

その話こそが、今日小夏ちゃんに会いに来た本当の目的だ。

わたしは勇気を出して、このフィギュアにまつわる十年前のことを話した。フィギュアが小夏ちゃんの手に渡るまでの、奇妙な出来事を。わたしの愚行の、その全てを……。

「そんなことが……あったんや」

「……うん」

消え入りそうな声で、わたしは返事をした。

「ごめんね。本当に、ごめん」

やっと、謝ることができた。十年前の過ちを。わたしが小夏ちゃんにしてしまったことを。

わたしは俯いたまま小夏ちゃんの言葉を待った。

「ちょっと……顔上げてぇや！　今更そんな怒ってへんよぉ！」

「本当ならすぐに正直に話して、わたしの手から返さなあかんかったのに……」

「一応はこうやって返してくれてたんやし、別にええって！」

わたしたちは顔を見合わせて、少しだけ笑い合った。そのあとで、小夏ちゃんはゆっくりと口を開いた。

「まさか、そんなことがねぇ。まあ、でも……」

ため息をつきながら、小夏ちゃんは言葉を続ける。

「もしその時に謝られても、わたしは茉莉花のことを許せへんかったかもしれへんなあ。あの時のわたし、紅蓮隊長にめちゃめちゃお熱やったし」

「……うん」

「ってことはさ、今わたしたちがこうやって友達同士でいられてんのも、アイツのおかげかもしれへんね」

アイツ、と言ったところで、小夏ちゃんの表情は大きく和らいだ。

「小夏ちゃんは彼のこと、好きやった？」

わたしはそう聞いてみた。どうしてかはわからないけれど、なんとなく名前を出すのが憚《はばか》られたのだ。

「……別にぃ！　今のわたしにはステキな旦那様がおるから、思い出すことなんて微塵もないわ！」

小夏ちゃんのその気迫に、わたしはつい笑ってしまった。

「でもなんか、腑に落ちるところがあるわぁ。ほらアイツ、変に真面目なとこあったやん？　そやから、アルバイトの立場を利用して、わたしにミラクルくじ引かせてA賞に誘導してくれたんとかも、なんかアイツらしくないなぁって思っててん」

なるほど。確かにその点で小夏ちゃんが疑うのも無理はない。それでも彼は、小夏ちゃんに疑われながらも自らの計画を遂行してくれたのだ。わたしの呪いを祓うという、ただ一つの目的のために。

「それにしても、あの真面目でええ子の茉莉花がそんな悪女やとは思わんかったなぁ。茉莉花の意外な一面を見た感じやわぁ」

「わたしは、ええ子ちゃうよ」

「おばあちゃんのお世話するために東京行ったんやろ？　ほんで、たくさんの人を助けるために看護師さんになったんやろ？　こんなええ子はそうそうおらへん……」

「ちゃうもん」

わたしはぴしゃりと、小夏ちゃんの言葉を遮った。

「……茉莉花？」

「おばあちゃんの世話をしたんは、おじちゃんとおばちゃんが学費を負担してくれるって言ってくれたからやもん。わたしが看護師になりたかったんは……」

「……」

「お母さんのことを馬鹿にしてたから……。少しでもお母さんのことが好きになりたかったから……看護師になってみようと思った。ただそれだけの理由やもん」

グラスの水を口に含んだあとで、小夏ちゃんは口を開いた。

「それでもわたしは、茉莉花はええ子やと思ってるし、めっちゃ好きやで」

言いようのない感情が溢れる。喜び、憂い、安堵、そして……罪悪感。

「ねぇ、小夏ちゃんに聞いてほしい話があんねん。聞いてくれる？」

「ん……うん。当たり前やん。何でも聞くで」

わたしは十年来の友達に語った。彼との出会いの、いや、再会の経緯を。わたしが罪を重ねてしまうことになった、その愚行の一部始終を。相手が滝川くんであるということだけは伏せて……。

「えぇぇぇぇ～、嘘やろ……。なんでそんなことしてもうたん……」

「……」

滝川くんとの再会の経緯を話し終えたわたしは、もうこれ以上ないくらい体を縮こまらせていた。

「マジかぁ……茉莉花。引くわぁ……」

小夏ちゃんのそのリアクションは、滝川くんのものとよく似ていた。

「それは茉莉花……悪女やわぁ。ちゃんと謝らなあかんで、その職場の後輩の子に」

「……うん」

何も言い返せなくて、わたしは黙り込んでしまった。

小夏ちゃんはすっくと立ち上がると、キッチンの方へと向かう。二人分のコーヒーを淹れて戻ってくると、テーブルに置く。

「で、どうすんの？」

「……なにが？」

「その人とは、本当にお別れするん？」

小夏ちゃんはコーヒーにゆっくりと口をつける。

「だって、気になって仕方ないんやろ、その人のこと」

少し微笑んでから、真剣な顔になった。

「もちろん茉莉花のしたことは、やったらあかんことやけど……誰だって、大なり小なり罪を背負ってるもんや」

「でも……」

「わたしは」

わたしの言葉を遮り、小夏ちゃんは続けた。

「小学生の頃、わたし、友達を傷付けたことがあってん。二人の友達とで、一人の子を。その子は、耐えきれんくなって転校してもうた」

「……」

「わたしに悪気はなかってん。友達としてのスキンシップでいじってたつもりやった。でもそんなん、わたしがどう思ってようが相手には関係ないって気付いてん」

小夏ちゃんの顔が苦悶に歪む。その表情は、滝川くんが過去に万引きしたことを告白した時と全く同じだった。

「だってそうやろ？　悪気がなくても、冗談でやったことでも、その子の受け取り方次第やん。それで友達を傷付けて、最悪な形でお別れしてもうてん」

「……」

「それからは自分が卑しい人間に思えて仕方なかったわ。謝りたくても、その子は転校しててもういいひんし。そやから……」

小夏ちゃんは、わたしの目をじっと見つめる。

「クラスで一人でいる子とか見てたら、いてもたってもいられへんくなってん。クラスのみんなで仲良く過ごしたいって、強く思うようになった。それがわたしにとっての、罪滅ぼしになってたんかもなぁ」

「……罪滅ぼし」

「うん。そのおかげで、わたしは大人になってもこんな素敵な友達を持ててるんやから、幸せ者やね」

小夏ちゃんは、にっこりと笑った。

「もしかしたらアイツも、わたしと似たようなこと思ってたんちゃう？」

アイツ……滝川くんのことだろう。

「めっちゃ生真面目なヤツやったもん。オタクコンテンツで悪さをはたらく人を憎んでたやろ？　それに、茉莉花のことを助けてあげたんも……」

「……」

「アイツにとっての、罪滅ぼしがしたかったんちゃう？　アイツも過去に色々あって、それをずっと引きずってたんちゃうかなぁ」

「……」

「知らんけど」

その絶妙な間がなんだかおかしくて、わたしたちは顔を見合わせてけらけらと笑い合った。

昼食を食べたあとも、最近手に入れたアニメグッズを見せてもらったり、昼寝から目覚めた陸人くんと遊んだりと、小夏ちゃんの家に長居しすぎてしまった。このままでは夕食もご馳走になってしまうことになりそうだったので、帰りたくない気持ちを懸命に抑えてわたしは席を立った。

「まだ、ぶぶ漬け出すつもりはないでぇ！」

と、小夏ちゃんは言ってくれたけれど、そろそろ旦那さんが帰ってきてしまう。迷惑になるだろうと思い、おいとまさせてもらうことにした。


町の歴史資料館、豆腐専門店、刺繍用品店、何故か一戸建て住宅の前に設置されている自動販売機……学生時代に何度も通った田舎道を歩きながら、わたしは先ほどまでの小夏ちゃんとの話を何度も反芻して、物思いに耽っていた。

楽しかったなぁと思う一方で、苦い思い出を噛み締めていたのもまた事実だ。わたしはあの時から何も変わっていない。何も成長していない。そんな自己嫌悪が襲う。

滝川くんと再会してから、二つの感情の合間でずっと板挟みになっていた。滝川くんが正体当てゲームをすると宣言してから……自らの正体を暴かれたいという思いと、このまま正体を知られることなくお別れしなければならないという思い。

最初のうちは、滝川くんはわたしの正体に気付いていないようだった。学生の頃のわたしは暗くて目立たない生徒だったから、今のわたしを見ても気付かないのも無理はないだろう。

でも彼は、わたしが相葉茉莉花だと気付いてくれた。それはとても……わたしが思っていた以上に、すごく嬉しいことだった。

小夏ちゃんと森田さんと三人でアニメショップに遊びに行ったこと。わたしが紅蓮甲須賀ノ助善友をフルネームで言い切るところ。そして滝川くんがわたしの呪いを祓ってくれた、あの一件。彼はその全てを憶えていてくれたのだ。

あの日もこれくらいの快晴だったな。空を見上げながら、わたしは思い出していた。彼と新宿駅前で奇跡的に再会した、あの時のことを。わたしが罪を重ねることとなった、大都会での喜びと憂いの物語、その始まりを。

＊

夏の残暑も緩やかになり、過ごしやすくなってきた頃。職場のお局さんの高松さんの提案で、みんなでランチを食べに行くことになった。メンバーはわたしと高松さんの他に同僚ナース二人と、総合案内勤務の東川上さんを合わせた計五人。

新宿駅からすぐ近くの百貨店の上層階、飲食店街にあるイタリア料理店で、わたしたちは談笑しながらランチを楽しんでいた。庭園テラス席での風に当たりながらの食事は、気持ちが良かった。

勤務の都合上わたしだけが夜勤明けだったので、わたしは猛烈に眠たかった。けれどそんな眠たそうな様子を見せてしまったら、高松さんにどんな陰口を叩かれるかわからない。にこにこと笑顔を作りながら、密かに眠気と闘っていた。

「仕事はどう？　もう慣れた？」

「はい、おかげさまで。もうバッチリです！」

高松さんの言葉に、東川上さんはそう答えた。彼女は最近医療事務の仕事を始めたばかりで、その愛想の良さで高松さんからは大層気に入られていた。

東川上という苗字が少し長いからという理由で、彼女は高松さんからあだ名をつけられていた。ひがしかわかみなお、というフルネームを縮めてヒガミナちゃん。そこからさらに縮めて、最終的にミナちゃんと呼ばれていた。

「ミナちゃんはいい子だから、お年寄りに大人気ねぇ」

「そんなことないですよぉ」

業務中、話し相手が欲しい高齢者の方々から話しかけられている東川上さんをよく見かける。高齢者の話し相手になってあげること自体は悪いことではないのだけれど、業務そっちのけでぺちゃくちゃとお喋りに興じていることが多いらしく、他の医療事務の職員さんからは不評だった。

「こんなにいい子なのに、彼氏、いないんでしょう？」

「はい、最近別れたばっかりで。で、マッチングアプリ始めたんですよぉ」

「それって出会い系サイトのこと？」

「えー、高松さん知らないんですかぁ？　そんな言葉古いですよ。今はみんなやってますよぉ」

語尾を伸ばしながらそう言う東川上さん。その物言いに、わたしはドキドキしていた。高松さん、怒り出したりしないだろうか。

そういうものなの？　と、隣のわたしに視線を飛ばす高松さん。わたしは、ははは、と愛想笑いで誤魔化しておいた。

「ほら、これです。見てください！」

東川上さんは自分のスマホの画面を高松さんに見せる。

「……ふーん。あ、名前、ミナにしているの？」

「はい。高松さんがつけてくれたの、気に入ってるんですよぉ」

東川上さんの言葉に、高松さんはにっこりと笑った。よかった。不機嫌にはなっていないようだ。

「実はぁ、この後アプリでマッチングした男の人と会う約束してるんですよぉ」

東川上さん以外の、わたしを含めた四人が驚きの声を漏らす。

「三時に、すぐそこの広場のペンギンの銅像前で待ち合わせなんです」

「へぇ、どんな人なのー？」

看護師の同僚、福原《ふくはら》さんが聞く。

「あ、見ます？　ほら、この人です！」

東川上さんは自分のスマホを少し操作したあとで、福原さんに手渡す。福原さんと隣に座る松村《まつむら》さんは、画面を食い入るように見つめている。やっぱり女子会で盛り上がる話題といえば、こういうのなんだなぁと思った。

「年齢二十七、年収は四百万、タバコ吸わない、趣味はインドア系か……インドアっていうかオタク趣味っぽい。あっ、身長百八十五センチだって！」

早口で読み上げる福原さんがなんだか可笑しくて、わたしは内心だけで少し笑ってしまった。

「ミナちゃんは若くて可愛いんだから、玉の輿狙わないと。もっと上を目指せるんじゃないの？」

高松さんの言葉に、東川上さんは口をへの字にして答える。

「あたし、背が高い人が好きなんですよねぇ。だからまぁ、会ってみてもいいかな、って」

「ふーん。で、ミナちゃんはどんな写真載せてるの？」

松村さんの質問に、こともなげに答える東川上さん。

「あたしは遠目からの後ろ姿とかしか載せてませんよぉ」

顔がちゃんと写ってなくても、男性とマッチングすることができるのか。わたしは意外に思った。

福原さんから返ってきたスマホを、今度は高松さんに手渡す東川上さん。ふーん、と興味なさげに唸る高松さん。

「……わたしも見てもいい？」

興味がないわけではなかったので、東川上さんに聞いてみる。

「どうぞー」

許可をいただいたので、隣で高松さんの持っている東川上さんのスマホの画面を覗き込んだ。

瞬間、体に電流が走ったような感覚が襲った。周囲から一切の音が消え、スマホの画面から目が離せなくなっていた。

わたしを襲ったそれは、驚きを通り越して衝撃と言ってよかった。脳は数秒間、完全に機能を停止してしまっていた。でもそれは、無理もないことだった。だって……。

滝川くんが……あの滝川慎司が、画面に映っていたのだから。

十年前、わたしを絶望から救ってくれた、あの滝川くんが……。


風の噂で、東京に移住していたことは聞いていた。でもだからって、こんなところで彼の名前と姿を目の当たりにするなんて。

日本の人口、一億人強。その中の十分の一もの人々が、この狭い東京という地で生活をしているのだ。こんなにも大勢の人がこの都市に住んでいるのに、まさかこんな形でわたしは……滝川くんの存在を、目撃してしまうことになるなんて。

こんな偶然があり得るのだろうか。違う、これは偶然なんかじゃない。そう、例えばそれは、運命だとかいう言葉で形容されるべきものなのかもしれなかった。

いや、わたしの思い違いの可能性だってある。わたしは食い入るように、東川上さんのスマホの画面を凝視した。

十年が経ったとはいえ、写真の男性は彼の面影を色濃く残しているし、名前の欄には間違いなくシンジ、と記されている。しかも身長は百八十五センチ。

高松さんがスマホの画面を下へ下へとスクロールしていく。すると、見たことのあるキャラクターアイコンが目に飛び込んでくる。

ガングナー。豪火の剣。スリトレ。ワタオモ。ギャラクシー・ナイト。マジクリ。リトルパック・ファイターズ。ウルトラ・クリス・ファミリーズ。

多くのオタク趣味の数々……間違いない。東川上さんが今から会おうとしている人物は、間違いなく滝川くんだ。

こんなことが、こんなことが、こんなことが……！　わたしは興奮と動揺で、夜勤明けの眠気なんてどこかに吹き飛んでしまっていた。

そこからの会話の内容も、食べたものすらも、わたしは全く憶えていない。茫然としたまま、その場の空気を壊さないように相槌を打つだけで精一杯だった。

高松さんが上機嫌だったこともあって、食事会は随分と長引いた。

わたしたちはイタリア料理店の前で解散した。高松さんと松村さんと福原さんは百貨店に寄ってから帰るとのこと。わたしも誘われたけれど、夜勤明けだからという理由で丁重にお断りをした。

先輩方三人は、エスカレーターで下層階へと降りていく。レストラン街で、わたしは東川上さんと二人きりになった。

「ご飯、美味しかったね」

「そうですねー」

「……そういえば、これからアプリでマッチングした人に会うんだよね？」

わたしは東川上さんに、そう聞いてみた。

「はい。時間的にもちょうどいいです。このまま集合場所の広場に行けば、五分前とかに着きますし」

彼女は今から、滝川くんに会おうとしている。滝川くんが東川上さんに好感を持つかどうかはわからないけれど、滝川くんは優しくて、素敵で、真面目な人だから、きっと東川上さんは彼のことを気に入るだろうな。

「お化粧直していくので、ここで失礼しますねぇ」

「あ……うん。そっか。それじゃあ、また」

わたしの返事を最後まで聞かず、東川上さんは化粧室へと駆け込んでいった。

一人きりになったわたしの心を支配していたのは、嫉妬心だった。東川上さんは今から滝川くんに会いにいく。それが、たまらなく羨ましかった。

すぐそこの広場に行けば滝川くんがいる。信じられない事実を改めて認識したわたしは、自分の体が何故か浮き足立っていることに気付く。

「……」

もしわたしが広場に向かえば……滝川くんに会うことができる。

心臓が激しく脈打ち、指先がわずかに震える。一度思い立ったその脳内のイメージを何度も掻き消そうとしても、それは不可能だった。

足が動いた。その一歩は、帰路に就くためのものではなかった。それはわたしが、また新たな呪いに囚われるための一歩だった。

エレベーターのボタンを押す。逸る気持ちを懸命に抑えながら、わたしは自分の口がわずかに震えていることに気付いた。

エレベーターが到着した。中から出てきた人たちの驚く顔が目に飛び込んでくる。それはそうだろう。今のわたしの表情は多分、恐ろしいほどに鬼気迫るものだろうから。

滝川くんに会える。わたしはその甘い誘惑に魅入られていた。わたしが今まで頑張ってきたのは、この瞬間のためだったんだ。自らを肯定するために、そんなことすら思った。

辛い学校生活を我慢したのも、一人東京に引っ越して看護師を目指したのも、医療の現場で日々が忙殺されていくのも、全てはこの日のためだったんだ。

地上階に到着すると、化粧品売り場を早歩きで通り抜け、出口を目指す。自動ドアから外に出た瞬間、わたしは勢いよく走りだした。

滝川くんに会える。滝川くんに会える。滝川くんに会える……！　これからまた囚われることになる罪悪感など、この時のわたしの心にはなかった。わたしはこんなにも滝川くんのことが好きだったんだ。その驚きと困惑で頭がいっぱいだった。

新宿駅前の広場。ペンギンの銅像前で一際目立つ長身が周囲をキョロキョロと見回している。……滝川くんだった。わたしの興奮は最高潮に達した。

滝川くんだ！　本当の本当の本当に、あの滝川くんだ！　わたしは胸の内だけで絶叫した。そして滝川くんはというと……。

驚愕の表情を見せていた。それはそうだろう。女性が自分目掛けて、全力疾走で向かってきているのだから。

わたしは滝川くんの前で急ブレーキで止まり、懸命に息を整える。上手く回らない頭で考えた。アプリでマッチングした人と初めて会った時、一体どう声を掛ければいいのだろう。

そうだ。名前を聞いて、本人かどうかを確認しなければ……。

「あのっ……あ、あなたはっ！　タ……タキガワさんですかっ⁉」

「えっ？　あ、はい！　そ、そうですぅ！」

滝川くんの困惑する声が、新宿駅前の広場に響き渡った。

エピローグ

年末年始の帰省を終えて東京に戻ってきたわたしは、一つの決意を胸に、勤め先である病院へと向かっている。この長期休暇が終われば嫌というほどにこの道を通うことになるのだけれど、勤務が始まる前に、どうしてもやっておかなければならないことがあった。

でもそれは、わたしの独りよがりではないか。わたしが今からとる行動によって、傷付かなくていい人が傷付いてしまうことになる。これはわたしの胸の中にしまっておいた方がいいのではないか。……それでも。それでも、わたしは……。

引き返したくなる衝動を懸命に堪えながら、何度も通ったいつもの通勤路を歩いた。

正面エントランスをくぐり、院内へと足を踏み入れた。地域では大きな総合病院。白を基調とした清潔感のある内装、待合の椅子がずらりと並び、上りと下りの二本のエスカレーターが二階へと続いている。相変わらずの風景だった。

幸い、病院の総合受付は混んではいなかった。

受付の職員の中に東川上さんを見つけた。わたしの中に迷いが生じたのも一瞬、胸に走る痛みを無理矢理誤魔化しながら、一直線に彼女のもとへと足を向けた。

「わっ、びっくりしたー。相葉さんじゃないですか。どうしたんですかぁ？」

彼女が驚くのも無理はない。長期休暇中の看護師が、何故かこうして職場に現れたのだから。

「まだお休み中じゃなかったでしたっけ？　……あ、もしかして今から勤務に入ってくれるんですかぁ？」

冗談めかした感じで、語尾を伸ばしながら東川上さんは言った。

わたしは首を横に振ってから、口を開いた。

「東川上さんに話したいことがあって。お昼にちょっとだけ、時間をもらえないかな？」

「わたしに、ですかぁ？」

意外そうにするのも当然だろう。彼女からしてみれば、業務でもプライベートでもさほど接点のないわたしが、わざわざ休暇中に声を掛けてきたのだから。

「少しだけならいいですよー。十二時半に駐車場出入口はどうですかぁ？」

そこならお昼時はあまり人がいないので、話し合いをするにはちょうどいい。

「うん、待ってるね。ありがとう」

業務の邪魔にならないように、わたしは正面エントランスから逃げるように退散した。

約束の十二時半、東川上さんは駐車場出入口まで来てくれた。昼休憩の時間を割いてまで来てくれたのだから、手短に済まさなければ。

自分の犯した過ちを、東川上さんに打ち明けて謝罪する。そう決めていた。そうしなければ、前へ進むことはできない。小夏ちゃんと会って、ようやく決心がついた。

怖かった。自らの罪を、その被害を受けた人に告白することが。わたしが犯した罪によって、東川上さんは会えるはずだった素敵な男性に会えなかったのだから。

東川上さんとは目を合わせられなかった。地面の一点を見つめながら、わたしは自分の罪をつらつらと語った。高松さんに誘われてイタリア料理店に行ったあの日、東川上さんがアプリでマッチングした男性に、わたしが東川上さんにすり替わり、会いに行ってしまったことを……。

わたしが話し終わってからもしばらく沈黙していた東川上さんは、ため息を一つつくと、にっこりとほほ笑んだ。

「そうなんですねー。でもわたし、別の男性を捕まえたんで全然大丈夫ですよー」

「えっ」

そこで初めて、わたしは顔を上げた。東川上さんとばっちり目が合う。

「その人、すっごいイケメンで背も高いし、自分で会社立ち上げて年収二千万超えてるんですよぉ。すごくないですかぁ？」

「そ……そうなんだ。よかったね」

わたしの中の罪悪感が少しずつ萎んでいくのがわかった。よかった……東川上さんは傷付いていないし、あの時の一件を気にしていなかったみたいだ……。

瞬間。何故か視界が大きくブレて、わたしはいつのまにか病院の白い壁の方を向いていた。

遅れてやってくる、頬の鋭い痛み。無意識に、痛む頬を左手で押さえた。

「マジでサイテーですね」

東川上さんに叩かれた。理解が追いついた瞬間、頬の痛みがさらに増していく。

「わたしあの日、一時間以上待ち合わせ場所で待ってたんですよ？　メッセージを何度送っても返ってこないし」

「……」

「しかもその人、その日のうちに退会しちゃうし。わたし、しばらくアプリがトラウマになりました」

「ごめんなさい。本当に……本当にごめんなさい」

自分の足元が見えるほど深く頭を下げる。

東川上さんからの反応がないのでそろそろと顔を上げると、すでに彼女は病院の正面エントランスへと足を向けていた。

思い出したように振り返り、吐き捨てるように口を開く。

「あ、さっきの話は本当ですから。なんていう人でしたっけ、その男の人。名前も忘れちゃいましたけど、その人よりもっとカッコよくてお金持ちの彼氏できたんで」

「……」

「でも、相葉さんのことを許す気にはなれません」

「……酷いことをしたのはわたしだから……許してくれなんて都合のいいことは、もちろん思っていません」

わたしはまた頭を下げた。

わたしは呪いを祓うためにここにいるのではない。こうして東川上さんに謝ったところで、全てが許されていいはずがないのだから。それでもわたしは、決着をつけなければならなかった。

十年前のあの時、わたしは滝川くんの助けに頼るだけの、無力な人間だった。今度はわたしが、わたし自身の力で、この呪いと向き合わなければならない。

それがたとえ、祓うことができない呪いであったとしても。一生背負うことになる呪いであったとしても。

「だけど……わたし、来週から仕事に戻るから……」

「……」

「また、よろしくお願いしますっ！」

わたしはもう一度大きく頭を下げた。数秒だけ間が空き、東川上さんは大きくため息をついた。

「わたしも子どもじゃないですし、職場で相葉さんを無視したりはしませんよ。相葉さんの働きぶりはよくわかってますし。早く戻ってきて、これまで以上に働いてください」

「……あ、ありがとう」

東川上さんが視界から消えたあとも、しばらくその場から動けなかった。緊張が解けた安堵と、過度なストレスからくる徒労感から、呆然と立ち尽くしたまま、自分の心臓の鼓動だけを感じていた。

＊

ミナさん……いや、相葉茉莉花と色々あった去年が過ぎ去り、年が明けて数日が経った。年始のお祝いムードも落ち着き、世間はまた変わらない日常へとシフトしていこうとしていた。

もうお決まりとなった待ち合わせ場所、新宿駅前の広場のペンギンの銅像前で、俺は彼女を待っていた。お決まりと言っても、最近は連絡も取れず、ほぼ絶縁状態だったんだけど。あ、俺は彼女と付き合ってもいなかったし、絶縁という言い方はおかしいかな。

ここしばらく彼女にメッセージを送っても、返事はなかった。連絡が取れなくなって一か月、半ば諦めムードになっていたところに、昨晩彼女からメッセージがあったのだ。もう一度会って話がしたい、とのことだった。

俺からの誘いを無視しまくっておいて、向こうからいきなりそんなメッセージが来たもんだから、ちょっと納得いかなかったけど……でもやっぱり俺は彼女に会いたかった。最終的にはオッケーの返事を送った。

時刻は午後の三時。時間ぴったりに彼女は姿を現した。その姿は俺が東京で出会った大人びた女性、ミナさんというよりも、そう……高校時代の、内向的な相葉茉莉花の雰囲気をまとっていた。

「あー、っと……」

おどおどしている相葉に声を掛けようと口を開いたものの、俺の中で迷いが生じてしまう。

「なあ、どっちのノリでいく？　関東か、関西か」

半笑いで、少しおちゃらけた感じで言ってみたけど、相葉は無言のまま顔を俯けている。返事をしてくれなそうだったので、俺は好き勝手に喋らせてもらうことにした。

「俺とこの場所で初めて会った時、相葉、全力疾走でここまで来たやろ？　ほんで、この場所からすぐに移動しようとしてたやん？」

あの時、結局俺たち二人は少し離れたカフェまでわざわざ移動した。そう、相葉の提案で。

「なんか不自然やし、変な子やなぁと思ってたけど、あれにも理由があったんやな」

「……」

「あのあとで、本物のミ、ミ、ナ、さ、ん、が、や、っ、て、く、る、か、ら。せやし相葉は、この場所から離れる必要があったんやな？」

相葉は返事をしてくれない。ただ俺の言葉に、じっと耳を傾けている。

「ほんで俺がＬＩＮＥのアドレス交換してくれって言った時、スマホをめちゃくちゃな速さで操作しとったやろ？　あれはシェリールのアプリを退会したって言っとったけど、そうちゃうかったんやな」

「……」

「あの短時間で相葉は、自分のLINEのプロフの名前を『みな』に変更したんやな?」

「……うん」

「そうやって自分がアプリを退会する振りを見せて、俺にも退会を促した。そうせえへんと、本物のミナさんのメッセージが俺に届いてまうもんなぁ。今どこですか?とか、どうして来られなかったんですか? とか」

俺はシェリールからの着信は、全てミュートにしていた。後輩である三島にスマホを覗き見されたら恥ずかしかったからだ。そしてそれが原因で、本物のミナさんからのメッセージに気付かないまま、シェリールを退会することとなった。そこで相葉は完全に、本物のミナさんとすり替わったのだ。

「本当に、ごめん」

相葉は神妙な面持ちで、俺に謝った。

「……本物のミナさんには謝ったよ。許してはもらえへんやろうけど、これはわたしがしてしまったことやから。でもその子は、職場の同僚として変わらずに接してくれるって言ってくれた」

相葉はそこで一呼吸置くと、俺の目を見て言った。

「わたしはもう、滝川くんに会う資格はないねん。今日はそれを言いに来た」

相葉の目は揺れていた。

「ほんならなんで、そんなに不安そうな目をしてるんや？　もう会わへんって言うだけなら、わざわざ会う必要はないやろ」

今にも泣きそうな相葉を前に、俺は畳みかけるように言う。

「相葉は迷ってるんやろ？　本当は俺に会いたいって思ってるんやろ？　俺だって……」

自分で言っておきながら、照れ臭さで俺は相葉から視線を外してしまった。相葉もまた俺から目を逸らし、顔を俯けている。

「……わたしはニセモノですよ？　本物とすり替わった、卑しくて、浅ましい、悪い女です。それでもシンジさんは、わたしに会いたいと思っているんですか？」

訛りのない言葉で、相葉は……いや、ミナさんは俺に問いかける。目にいっぱいの涙を溜めて。俺はその言葉に、大きく頷いた。

「うん、そうだね。俺はミナさんと、もっと仲良くなりたいと思ってるよ」

ミナさんは顔をくしゃりと歪ませる。苦悩と照れ、その両方が入り混じった、複雑な表情だった。

「どうしてですか？　どうしてここまでわたしにかまうんですか？」

「そりゃまあ、ミナさんのことが……」

「……わたしのことが？」

「す……好きだから……かな」

その場から逃げ出したくなるくらいの照れくささを胸の中に封じ込めながら、俺は努めて平静を装いつつ言い切った。

「そ、そうやってわたしをたぶらかして、散々もてあそんでから捨てるつもりでしょう？　なら今ここで、わたしを突き放してくださいよ」

激しく動揺しながらも、ミナさんは言い返してくる。

「おっと、どの口がそれを言う？　人の気持ちをもてあそんでいたのは、どこの誰だろうね」

「嘘をついていたのは謝りますけど、わたしをずっと誘ってくれていたのはシンジさんの方じゃないですか。わたしのことなんか、おかしな女だと思って切り捨ててしまえばよかったのに」

「そっちこそ、俺のことが嫌いなら、俺の誘いを断ってしまえばよかったじゃないか」

「それができないから、今こうして困っているんですっ！」

ミナさんのその言葉に、俺は思わず噴いてしまった。くつくつと笑いを堪える俺を、ミナさんは恨めしそうに睨みつけてくる。

「滝川くんはこれからどうしたいん？　こんな形で再会してしまったわたしと、まともに付き合っていけるん？」

今度はがっつり関西弁で、相葉は俺に問いかけてくる。

「これからのことなんて誰にもわからん。でも俺も、相葉と一緒にこの罪と向き合うつもりでいるで」

「そんなこと、滝川くんがする必要ないよ。これはわたしの罪やのに」

「あの時も言ったはずや。これは俺の選択や。皆本に紅蓮隊長のフィギュアを返す手伝いをしたんも、京都を離れて東京に移り住んだんも。全部俺が選び取ったもんや」

「でも……」

「今、相葉と一緒にいたいと思ってんのも……」

「……」

「俺の選択や」

少しの迷いもなく、俺は言い切った。相葉は目を潤ませ、両の手で握り拳を作っている。

「さて、相葉の選択を聞かせてもらおかぁ」

「……」

「どうする？　俺とお別れして、この罪から目を背けるか。それとも俺と、罪と向き合いながら生きていくか」

これを聞くのにはけっこうな勇気が必要だったけど、ここだけは有耶無耶《うやむや》にはできない。どうしても俺は、相葉に確認しなければならなかった。

相葉は口を開いた。俺はドギマギしながらも、黙ったまま耳を傾ける。

「この呪いは、わたし自身が生み出したものやから」

呪い。俺はその言葉に聞き覚えがあった。そりゃもちろん、日本語としての言葉なら別に難しいもんでもないし、オタクとしてファンタジーの世界に慣れ親しんでいたらよく聞く言葉だけど……。

俺と相葉にとってその言葉は、特別な意味を持っていた。そのことを相葉は憶えていたのだ。俺が小学生の時に犯してしまった万引き、そして十年前に相葉が皆本に対して犯してしまった罪……その罪悪を、俺たちは呪いと呼んでいた。

「わたしはこの呪いと、ずっと向き合って生きていくつもりや」

相葉の目は、異様な光を宿していた。それは迷いや憂いといったものだけではなかった。そこには間違いなく、決意とか、そういったものが含まれていた。

「わたしは……」

相葉の目から、堪えきれず涙が一粒落ちた。

「わたしはこれからも、滝川くんと一緒にいたい……」

その言葉に、気恥ずかしくなって目が泳いでしまう俺。

「おっしゃ。じゃあこれからも、よろしくな……茉莉花」

相葉でもなく、ミナさんでもなく、俺は下の名前で彼女を呼んだ。茉莉花は頬をこれ以上なく紅く染めて、こくりと頷いた。

　これから俺は彼女と新たな関係を築いていくことになるのだろう。それは呪いであると同時に、希望でもあるのかもしれなかった。

　本当に色々あったよなぁ。ミナさんに出会って、相葉茉莉花と再会して、そして俺は自らの選択で、自らの意思で、いつ許されるかもわからない新たな罪を背負うことにしたのだ。


　最後に、この数か月間のごたごたを、そして俺の人生を、中二病っぽくまとめようと思う。ちょっと小っ恥ずかしいけど、今の俺はそういうことを言いたい気分なのだ。

　これは俺が、とある呪いにかかり、十数年間その呪いに囚われ続け……そしてまた、新たな呪いと向き合うまでの物語である。

了

本作品は当文庫のための書き下ろしです。

本作品はフィクションであり、実在の人物・団体などとは一切関係がありません。

文芸社文庫NEO

君の正体を言い当てようか

二〇二四年九月十五日　初版第一刷発行

著　者　久頭一良
発行者　瓜谷綱延
発行所　株式会社　文芸社
〒一六〇－〇〇二二
東京都新宿区新宿一－一〇－一
電話　〇三－五三六九－三〇六〇（代表）
〇三－五三六九－二二九九（販売）
印刷所　株式会社暁印刷

ISBN978-4-286-25208-7

［文芸社文庫ＮＥＯ　既刊本］

風祭千
チューニング！
叔父を亡くしてから何もやる気が起きない中２のあさ。ホルン大好きタニシュン、勉強ばかりの関、かつての親友かなみんとの出会いが、運命の歯車を動かす。爽やかさ１２０％の青春音楽小説！

久頭一良
死神邸日和
高２の楓が引っ越してきた家の近所に、「死神」と呼ばれる老女が住んでいた。死神の正体とは…。日常に転がる小さな謎と思春期の少女の葛藤を描いた第５回文芸社文庫ＮＥＯ小説大賞大賞受賞作。

新馬場新
月曜日が、死んだ。
ある朝、カレンダーから月曜日が消えていた。薄れていく記憶、おかしな宗教団体、元カノの存在。月曜日の悲しみに気づき、元の世界を取り戻せるのか。第３回文芸社文庫ＮＥＯ小説大賞大賞受賞作。

田家みゆき
シャルール　～土曜日だけ開くレストラン～
結婚前夜の父娘、亡夫との思い出の一皿を探す老婦人など、様々な人が訪れるフレンチレストラン「シャルール」。極上の料理とワインと共に紡がれる奇跡の物語は、魔法のようにあなたを癒します。